KÂÂ

Derrière le pseudonyme Kââ se cache Pascal Marignac, un paisible professeur agrégé de philosophie politique, qui a enseigné plus de vingt ans dans une petite ville de province en Bretagne. En 1988, il obtient le Grand Prix du roman gore pour son *Bruit crissant du rasoir sur les os*.
Décédé en 2003, Pascal Marignac est l'auteur de plusieurs polars qu'il a écrits sous divers noms d'emprunt.

SILHOUETTES DE MORT SOUS LA LUNE BLANCHE

KÂÂ

SILHOUETTES DE MORT SOUS LA LUNE BLANCHE

ÉDITIONS DU MASQUE

ISBN 2-266-12460-9

Le monde le plus beau est comme un tas d'ordures répandues au hasard.

Héraclite

1

Sur la voie inverse remontaient les Parisiens, les Parisiens et puis le reste. Ce n'était plus la cohue, mais je préférais quand même aller dans ce sens-là. Jusqu'à Beaune, ça faisait une ligne continue de lumière, jaune et blanche.

Et je fonçais comme un furieux. Et il n'y a rien pour dire comment Straub à ma droite, à peu près calé, délirait doucement. Je ne fais pas dans la veuve et l'orphelin; mais dans l'éclopé, oui, apparemment. Straub avait reçu une balle de .38 tirée par le Smith & Wesson « Regulation Police » du convoyeur. Gobée un peu au-dessus de la hanche gauche et partie de bien trop loin pour que ça ressorte. Point final. Je ne savais pas trop d'où venait Straub, mais où il allait, oui. Et avec moi, de toutes les façons qu'on s'y prenne.

Il me paraissait maintenant à peu près mort dans l'air moite et il devait souffrir abominablement. Ou encore, il ne souffrait plus du tout. Va savoir. En tout cas, je savais exactement où j'allais, je savais comment y aller et j'étais à peu près sûr que les représentants de l'ordre n'y verraient rien. C'était beaucoup. Énorme, même.

Le plus dur avait été de tourner Paris dans les embouteillages monstrueux de la porte de Versailles vers 18 heures. Straub répandait à ce moment-là tellement de sang sur son siège que l'odeur fade en venait jusqu'à mon nez. Ensuite, vers Nemours, sur un parking, il ne saignait plus.

Ça me rassurait un peu, tout ce calme, jamais à moins de cent quatre-vingts dans la nuit tiède. Et je n'avais pas peur (sauf, peut-être, cette petite dureté au creux de l'estomac?).

À Mâcon sud, petit péage, flics hautement improbables, je lâchai l'autoroute. Onze heures vingt. Un jeune vieillard prit ma monnaie. Il y avait autour de deux cent cinquante briques dans le coffre.

Il me restait à me taper la nationale sans paniquer. Qu'est-ce que vous voulez faire d'autre? De temps en temps j'avais un frisson et alors je prenais une cigarette.

Straub geignit de nouveau à Neuville-sur-Saône et vraiment très fort. Cette fois, je me serais bien mis dans un coin pour chialer un peu. Il y en a qui disent que ça soulage, ou même que quelquefois ça remonte.

Je dis :

— Je vais te faire une morphine, il m'en reste encore trois.

Il ne dit rien et, de mon côté, je ne lui dis pas

ce qui se passerait pour lui après la troisième : je n'en avais aucune idée.

Finalement, il décida de faire quand même un gargouillis, bava et dit qu'il voulait de l'eau. Pas une miette, mon cher ami. *Verboten.*

Je garai l'Alpine bleue au milieu d'un tas de détritus vers Tassin-la-Demi-Lune, sortis ce qui convenait et lui fis une intraveineuse dans le noir à peu près complet. En même temps, j'attendais une R 12 Break de CRS bienveillants (« Vous avez un malade ? »). Je comptais répondre dans ce cas avec les quatre cartouches restant dans mon propre Smith & Wesson Highway Patrolman .357 magnum, modèle 28, mais les choses deviendraient alors beaucoup plus compliquées.

Straub repartit dans les vapes. À mon avis, il allait crever ; rate, certainement.

Je tournai lentement autour de Lyon, me trompai deux fois, croisai une voiture de flics. Je n'en pouvais plus de soif, parce que j'avais fumé trois paquets depuis cinq heures, ce qui est trop. Et je voulais une ou deux bières, un sandwich, un café. Après ça, j'irais me cacher comme un termite dans une console XVIIIe et puis *dormir, dormir.*

Ensuite, il faudrait que je voie comment tuer les deux frères Vila avant de m'en tirer. Mais là, c'était la cigarette n° 100 et c'était à rire ou à pleurer. Si les cigarettes ne brûlaient pas la quasi-totalité de leur nicotine et si j'avais respiré tout l'oxyde de carbone fabriqué dans la journée, je serais raide mort. Ça me donna l'idée de baisser la vitre au moment où je découvrais mon paradis.

Je garai l'Alpine entre une monstrueuse chose qui était un Volvo 300 CV immatriculé en Belgique et un nouveau tas de poubelles. C'était la soirée. Straub, morphinisé, serait très sage. Je fermai à clef, manœuvrai deux fois le Highway Patrolman sous ma saharienne dans l'étui de ceinture et me dirigeai vers le « Routier ».

Une heure et quart du matin. Un peu de brouillard et une pancarte exprimant que Saint-Étienne n'était ni plus ni moins qu'à vingt-deux kilomètres.

Je comptais réussir à avoir l'air de n'importe quoi ou d'autre chose encore. Sous les lumières jaunes, les trois clients étaient blanchâtres. Je me fis peur en me regardant dans la glace piquetée : moi, j'étais vert.

— Pâté ou jambon?

— Pâté-cornichons et un demi.

— Ah! j'ai plus de pression.

Je restai debout au bar parce que c'était détendant et que ça donnait l'air pressé. Je bouffai avec délices. La gendarmerie pouvait bien arriver, ça ne valait pas la bière bien fraîche. Là encore, rien de ce genre n'advint et je fumai deux gitanes.

Deux heures moins vingt-cinq. Un express amer et pâteux. J'étais bien, ici. Je me serais endormi dans une chambrette proprette avec une soubrette comme dans ces films de Gabin.

Dans la demi-heure, le brouillard avait tout envahi et la route était vide. Pas de vacanciers, pas de poids lourds. Je roulai jusqu'à Saint-Étienne en fumant encore deux gitanes et en pensant aux frères Vila. Gros problème. Straub ne bougeait pas. Peut-être qu'il était en train de doucement refroidir. La dame pour la consolation, éventuellement les bougies pour faire luire le suaire, c'était la prochaine étape.

Je trouvai de l'essence dans Saint-Étienne après m'être tapé successivement toutes les sorties de la ville.

— Ça marche, ça, dit le gros avec des moustaches et l'air endormi. (Vécut-il jamais autrement qu'un tuyau à la main ?)

Les stations-service la nuit, avec des gros bleuâtres qui veulent parler.

— Il dort, votre copain, dit-il encore d'une voix émerveillée.

— Oui, il dort.

— Vous allez loin, comme ça ?

— Paris. On remonte.

— Ah ! vous voulez qu'on regarde l'*huille* ? (Il disait l'*huille*, comme dans aiguille.)

Connard.

Je tournai un moment dans Saint-Étienne pour retrouver la route du Puy et remis le couvert : plus de brouillard. Je pris la 88 pour rejoindre Firminy, par excès de prudence, sans doute, mais ça ne mange pas de pain. L'autoroute, merci, quelle que soit sa forme.

Je fumai encore un certain nombre de cigarettes de tabac brun, traversai Le Puy et continuai, de plus en plus vite, cette fois jusqu'à Saugues, m'amusant même un peu dans les virages après Monistrol. Il s'agit d'une R 5 Alpine Turbo, modifiée de façon pertinente dans un garage douteux du côté d'Aubervilliers avec un mépris ouvert pour la longévité du moteur.

Ficelé, Straub avait à peu près autant d'activité qu'un croûton de pain.

À la hauteur de la Croix-d'Esplantas, j'étais certain qu'il ne fallait pas traverser le village. Bon.

Je m'arrêtai, coupai le moteur et respirai un air fabuleux, une atmosphère presque déjà glacée. Ça n'était pas fini, mais j'avais mis la possibilité d'un sursis de mon côté. Je m'épargnai de penser à Straub, lequel n'arrangeait pas du tout mes affaires.

Je pris mollement la décision de refaire mon entrée officielle au village seulement le surlendemain, si le Seigneur voulait bien de ça (Je n'y comptais pas trop, non, non.). Non, décidément, Straub n'était pas au programme. Les Vila non plus, du reste. Alors...

Là, dans la nuit, de nouveau du vrai brouillard et ce silence absolu, je percevais que j'avais eu peur, les *cojones* vraiment amidonnées, si, si. Mais là, il y avait les sapins et l'hiver qui était déjà là.

Les Vila, aussi, seraient là, un jour. Très bientôt, sans nul doute. Le bout rougeoyant du mégot fit une pirouette et termina sa vie dans le fossé. Je redémarrai, m'envoyai encore vingt-cinq bornes jusqu'à Ancette en commençant à jubiler un peu : le bout des malheurs.

Je pris la route du Chayla et, toutes vitres ouvertes, m'enfonçai dans la montagne.

Je passai le Chayla, le plus discrètement possible : seuls trois bâtards hurlèrent leur haine et leur chaîne au cou.

J'arrivai donc chez moi à 4 h 20. Le bruit du moteur cessa. J'y étais, les mains poisseuses, la tête trop vide ou trop pleine. À la fin, j'allai ouvrir lampe de poche en main et fus un bon moment heureux. J'y avais passé l'hiver précédent; d'autres hivers encore. Je n'y avais jamais amené personne. J'y avais été parfaitement seul et probablement heureux. Cette époque était révolue. Chose très certaine.

Depuis le village, on ne voit pas les lumières; j'ai déjà essayé. Mais par prudence (et par plaisir), je n'allumai que la lampe à pétrole, là où sur la table je l'avais laissée et, par imprudence, cette fois, un petit feu de fagots dans cette cheminée.

Il y avait tellement loin entre ici et la violence de Saint-Cloud, six heures plus tôt, que c'en était vertigineux. J'aurais voulu ouvrir une boîte de cassoulet que j'aurais fait tiédir sur le feu. Je me serais contenté de biscottes, mais me serais tapé une bouteille de cahors 76.

Au lieu de ça, je tirai d'abord du coffre les deux sacs marqués P.T.T., bien plombés. Je dévissai les plaques de la R 5, remis les bonnes à leur place et rangeai les fausses à la place des bonnes. Les vraies n'étaient pas moins dégueulasses que les fausses : bon, de ce côté-là.

Restait Straub.

Ce fut l'étage qui fut le plus dur et, au premier mouvement, la blessure se rouvrit. Ça dut lui faire tellement mal qu'il hurla et vomit sur lui de la bile.

Je ne pouvais pas le porter : Straub pèse environ quatre-vingt-quinze kilos de bonne viande.

Lorsque je fus parvenu à l'installer à peu près sur un lit après avoir collé en dessous de lui une bonne douzaine de serviettes de toilette, il était tellement blanc que je conclus qu'il était râpé, mais je lui fis une nouvelle morphine avant d'aller nettoyer les moquettes et le siège de la voiture à l'eau froide. Ce, à la lumière de ma lampe à pétrole. Ça ne servait à rien : la mousse de nylon du siège était une éponge pleine de sang.

Maintenant, j'en avais ma claque. Et il me restait à extraire de quelque part dans la carcasse de Straub une balle de .38 Special.

Extraire une balle, ce n'est pas rien. Je l'avais déjà fait une fois, mais dans une épaule et sur moi-même, ce qui allait à peu près. Je m'étais juste évanoui six fois. Là, il y avait de la tripe en question, dans son cas. Pas seulement du muscle.

Pleurs de joie. Je le retournai. Il était clair que la balle était coincée entre deux côtes.

Je fis bouillir de l'eau, en me demandant si la

bouteille de gaz n'était pas vide et en buvant un baquet de bourbon à l'eau plate. J'allai chercher les ustensiles nécessaires, les fourrai dans l'eau et me tapai encore un bourbon. Quand je montai triturer Straub, j'étais à peu près complètement bourré. Il me restait à me souvenir de mes deux ans de médecine.

Je me souviens que j'en bavai pour déloger la balle : elle était logée entre deux côtes, mais *du dedans* et je ne pouvais quand même pas rentrer dans Straub par une porte. Le sang dégoulinait, la literie était foutue et je voyais la pointe de la balle. Ça dura au moins dix heures, à mon avis. Les gants aseptisés étaient rouges, le sang faisait glisser mes doigts. Finalement, il me vint à l'idée de la faire bouger vers la gauche avec une pointe de scalpel. Ou bien elle retournait d'où elle venait, ou bien je la piquerais par là.

Mais cette fois, je pouvais vraiment utiliser les pinces.

Il n'y avait plus qu'à recoudre, après avoir bazardé tout ce que j'avais comme antibiotiques et sulfamides. Et puis, le pansement.

Je redescendis dans la cuisine me taper un n-ième bourbon et fumai les deux dernières gitanes du paquet. Il était 5 heures et demie du matin. Par-dessus les sapins et la forêt glacée, un soleil rond et rouge commençait à apparaître. Je me sentais parfaitement seul, parfaitement heureux et à peu près en sécurité. Le silence absolu.

Je traînai Straub dans un autre lit en en bavant

encore un peu plus. Il était blanc comme un lavabo. Je virai toute la literie, la planquai pour la brûler (je ne savais pas encore trop comment pour être discret).

Le soleil s'était élevé au-dessus des sapins. Il cognait contre les très vieux murs et devait faire briller les lauzes.

Je me fis le cassoulet, bus la bouteille de cahors en regardant le brouillard qui se dissipait dans la vallée en dessous.

J'étais vide, vidé, très plein de bourbon et de vin de Cahors. Maintenant était 7 heures et le soleil.

J'allai enterrer le « Regulation » dans une toile goudronnée et hermétique en haut de la prairie. Il avait tué et, maintenant que j'étais provisoirement tranquille, je ne voulais pas que ce tir-là un jour se recoupe avec d'autres que j'aurais à faire dans bien peu de temps.

Il y avait encore à démonter les deux lattes de l'escalier, pour en déloger le Walther PPK 7,65 et ses chargeurs. Avec la Winchester 44 × 40 qui trônait dans ma chambre, j'avais de quoi m'endormir.

Je disposai la chaise habituelle pour bloquer la porte. Par-dessus les sapins, depuis ma fenêtre, on voyait le clocher du village. Assez difficile de tirer sur moi depuis là-bas. Bien loin. Mais avec des jumelles moyennes, on devait voir à peu près tout ce qu'on désirait.

Je m'endormis facilement, bien décidé à ne

pas rêver. À mon avis, j'en avais fait plus en quinze heures que dans toute une vie.

Depuis mon œil gauche entr'ouvert, on voyait : un verre en cristal de Bohême début XIXe avec un fond de bourbon, un paquet de Pall Mall ; de la moquette bleue ; un petit tapis de Chiraz ; ma bibliothèque XVIIIe anglais ; la fenêtre fermée où la lumière ne passait que par un très joli motif d'oiseau.

Après, il y avait tout ce que je savais et ce n'était pas tellement drôle.

Je bougeai le bras gauche tordu sous la Winchester, me demandai vaguement si je devais changer le lit de place et regardai l'heure.

Deux heures. Curieusement, Straub vivait toujours, température buccale : 39,7°. Ç'aurait dû être bien pire. Je lui collai des millions d'unité de pénicilline dans la fesse droite (qu'il avait fort belle) et allai me faire du café.

Il ne s'était encore rien passé et je rêvai à me demander avec un grand intérêt comment les Vila allaient faire pour me dénicher, mais sans douter un instant qu'ils n'y parviennent et en sachant qu'ils n'y mettraient pas dix ans. Il est vrai aussi que je prendrais plaisir à les tuer tous les deux, mais ce serait difficile. De toute façon, j'avais quelques préparatifs à faire. Peut-être que s'ils tardaient trop, je les aiderais un peu : il ne faut pas vouloir la mort du pécheur et les Vila ne sont tout de même pas bien fins. En attendant, je décidai de tenir le plus grand compte de l'avertissement du verset 45 de la sourate XXXVI, la belle sourate Yâ Sîn : « Lorsqu'on leur dit : Craignez ce qui est devant vous et derrière vous, afin d'obtenir la miséricorde divine, ils n'en tiennent aucun compte. »

Je suis très intéressé par la miséricorde divine, quand on la considère sous cet angle.

Après ça, je rêvassai en fumant et en buvant du café. La 44 × 40 avait des munitions pour tuer des fauves, une balle engagée dans le canon.

Je montai le reste de café dans le petit salon, renonçai à mettre de la musique et lus les deux premiers chapitres de *Quatre-vingt-treize* de Victor Hugo.

Au début du troisième chapitre, il y avait quelqu'un dehors, vraisemblablement à la fenêtre de gauche de la pièce principale.

J'ai acheté cette maison pour beaucoup de raisons. Surtout, parce qu'elle est en angle, avec une très jolie petite tour, aux fenêtres à meneaux. De là, on peut voir tout ce qui se passe et c'est là que j'ai installé mon petit salon de lecture.

Il me suffit donc d'aller doucement à la fenêtre. Je laissai aimablement la priorité au canon de la Winchester sur mon œil gauche que je risquai seulement ensuite. La 44 × 40 allait cracher sa mort dans tous les angles.

Après ça je descendis. Le chat était plutôt maigre, décharné, même. Il était assis dans l'encoignure de la fenêtre. Il vint boire du lait en conserve et je décidai de l'appeler Azimut.

Le chat Azimut bouffa voracement le reste du cassoulet et, après, il se mit à faire une toilette consciencieuse. C'était un vrai chat noir, observai-je. C'est-à-dire que même les griffes étaient noires. Peu courant.

Je me tape le cul par terre avec les signes du destin, mais ce chat noir, là, c'était marrant. Je ne savais pas que j'aimais les chats.

J'observai la lisière du bois à la jumelle un bon moment et décidai de sortir voir dans quel état était la moquette de la voiture, maintenant qu'elle avait séché. C'était pas fameux. Le siège gauche était littéralement imbibé de sang. Ça me laissa rêveur quant à savoir combien de litres Straub en avait perdus.

Ça me donna de l'occupation. Je m'emmerdai une bonne heure à démonter le siège. Mais après, je pus le laver à grande eau, au jet et à la brosse. Cette fois, j'obtins un bon résultat.

Avec toujours la 44 × 40 à moins de vingt centimètres de la main (on en prend l'habitude, bien plus vite qu'on ne pourrait croire), et le Walther dans la ceinture (ça, on n'en prend pas l'habitude : frotte constamment contre la hanche), je me cuisinai une boîte de confit de canard (cuisse) et songeai enfin qu'il devait y avoir du pain au congélateur. Malheureusement, les pommes de terre de la cave avaient presque toutes germé.

J'ouvris une bouteille neuve de Four Roses

(l'avant-dernière) et m'installai pour les informations de 16 heures.

Le chat Azimut avait trouvé un coussin tout à fait convenable et bien entendu le seul fauteuil vraiment confortable, mais il hésitait encore entre les deux et il me restait un peu d'espoir de pouvoir quand même occuper ce fauteuil de temps à autre. J'étais bien.

Les journalistes appelaient ça « la tuerie de Saint-Cloud » :

« ... Crouic... D'après le commissaire Leblond, il semble que le tueur à la mitraillette ait été exécuté par un de ses complices, au moment où il allait tirer sur la foule une nouvelle fois... Crouic... Joël Vila, c'est le tueur à la mitraillette, a été tué d'une balle en pleine tête. Zrr cuitttt... (Saleté de poste ou saleté de réémetteur.) Les autres membres du gang sont en fuite. Le commissaire Leblond pense qu'il pourrait s'agir des deux autres frères Vila. Quant aux deux autres, ils étaient cinq, rappelons-le, on ne sait pas encore... Crrriiiinnnnzzz... avec une barbe et des cheveux longs. C'est celui qui a tiré sur son complice. Zrr Zrr cruiitttt. »

Je bouclai cette saloperie et décidai de revenir à l'état antérieur au hold-up, c'est-à-dire foutre en l'air cette saleté de barbe qui me grattait abominablement et me mettre la boule à deux centimètres.

Je décidai également d'ouvrir un léoville-las cases 58 pour aller avec le confit. Mon seul regret était de n'avoir pas tué Joël Vila suffisamment vite. À vue de nez, la bonne vieille Thompson, en crachant du .45 pratiquement à bout portant, avait tué quatre ou cinq personnes. Et Vila, fou de terreur, allait remettre le couvert.

Le confit était prêt, les pommes de terre sarladaises également. Je posai le Walther sur la table, armé, à 0 m10 de mon assiette. La 44 × 40 juste de l'autre côté : son poids empêchait de se refermer l'édition originale de *Quatre-vingt-treize*. J'attaquai le début du troisième chapitre, en me promettant d'acheter une nouvelle radio.

Straub fit un peu de bruit vers 6 heures, au moment où j'allais téléphoner. Je montai voir.

Il avait les yeux ouverts dans la pénombre commençante. Il murmura :

— On n'est pas à l'infirmerie de Fresnes ?

Ça avait l'air de le travailler.

— Pas du tout, dis-je. Tu veux essayer de bouffer un peu ?

— J'sais pas. J'suis touché au ventre ?

— Non. Parce que tu serais déjà mort. (Inutile de lui donner des détails.)

Il se tut.

Straub : un balèze. Est-ce qu'il était malin ? S'il ne l'était pas, il faudrait que je le raye de la carte, lui. Savoir lire dans la tête d'un gangster, hein ? Difficile.

Il mit encore un temps et dit :

— Qu'est-ce qui s'est passé ?

— Te fatigue pas, Straub.

— Je m'appelle Erich.

— D'accord, Erich, te fatigue pas; tout va bien pour le moment.

— Pour le moment, hein?

— Oui. Pour le moment. C'est ça. Je vais te refaire tes pansements, te refoutre de la pénicilline. Parle pas trop. T'en as au moins pour quinze jours.

— Où est-ce qu'on est?

— Chez moi.

— Ah...

Il mit un temps, après cette forte formule. Et il dit :

— J'ai peur des piqûres.

— Très bien. Alors, tu vas avoir peur.

Nouveau silence. Puis :

— T'es salement organisé, toi.

— Oui.

Il constatait. Moi aussi.

— Le gangstérisme, c'est une science, dis-je.

Ça lui passa complètement au-dessus du crâne et je ne mis pas ça sur le compte de son état actuel. Petite tête, Erich Straub; petite tête.

Le pansement n'était pas trop moche, du moins ce qu'il y avait dessous. La balle était, vu la trajectoire, entrée juste au-dessus de la hanche gauche (ça, merci, je le voyais bien), et elle avait eu le bon goût de passer exactement entre le péritoine et les poumons. Elle avait, en outre, visiblement tout cautérisé sur son passage. M. Erich Straub devait avoir une constitution particulièrement robuste. Quand on reçoit des balles de .38 Special, c'est encore le mieux.

Je ne pouvais pas voir dedans. Je l'auscultai quand même au stéthoscope et ça ne me parut pas mauvais. Sauf qu'il fumait autant que moi. Je revoyais le convoyeur, couché, son .38, Straub qui prenait le choc comme un goal attrape un ballon. Je me disais « Trop loin ». Au lieu de tirer sur le convoyeur, j'avais expédié une balle de .357 magnum dans la tête de Joël Vila. De la bouillie. Tu penses : à deux mètres. Tout le corps du dingue avait été déplacé de trois mètres ou quatre sous l'impact.

Je remis une nouvelle ration de sulfamides des deux côtés et lui fis une nouvelle pénicilline. Il ne me restait plus que trois doses : il faudrait que ça suffise. Après, je lui montai une soupe de légumes en boîte.

Il bouffa sa soupe sans dire un mot. Je n'en revenais pas qu'il n'ait pas les tripes touchées. Je lui laissai la bouteille de Vittel.

Jérémie Detwiller, maintenant. J'ouvris une boîte de Carlsberg.

— C'est toi ?

— Oui.

Il n'avait pas l'air en forme. Ce contact avec l'extérieur m'intéressait. Il y eut un peu de grésillement sur la ligne. Il dit :

— Alors, tu t'es arraché.

Ça n'avait pas l'air de lui faire particulièrement plaisir.

Je parlai très courtoisement à mon ami Jérémie Detwiller :

— Tu es de quel côté, Jérémie?

— Ça veut dire quoi?

— Que je les attends. Mais j'aimerais tant ne pas avoir à m'occuper de toi.

— T'es complètement sonné!

— Bien sûr. Je vois qu'ils ne sont pas encore venus te voir. Peut-être qu'ils n'y ont pas encore pensé.

— Ils s'en foutent, de toi. Tu penses.

— Tu seras encore à La Garde, demain?

J'eus le sentiment (agréable) qu'il haussait les épaules.

— Où veux-tu que j'aille? Si les flics retrouvent la première bagnole...

— Ils ne trouveront rien.

— Oui, mais s'ils trouvent, c'est moi qu'ils trouveront.

— Les risques du métier, dis-je.

Et puis, j'ajoutai :

— Ça devient trop long, ton histoire, Jérémie. Et ça m'emmerde.

Je raccrochai.

Après, je fumai un moment, rêveur, et me remis sur l'Alpine. Démonter, ça n'est rien; remonter, c'est autre chose. J'en bavai avec des ressorts et des trucs comme ça jusqu'à 8 heures. Après quoi, j'allai me raser, donner à bouffer au chat Azimut et mettre un mot à Straub.

2

Je connais des petits raccourcis entre Grandrieu et Langogne. Après ça, il y avait à peu près soixante-cinq kilomètres jusqu'à Vals-les-Bains et à peu près autant encore jusqu'à Montélimar. Je roulai très sec jusqu'à Lanarce, en fumant et en écoutant les concertos pour orgue de Vivaldi. Les gendarmes étaient installés juste avant. Je vis le pandore dans la nuit tombée, songeai au Walther PPK dans le holster d'épaule, mais réussis à ne pas trop suer dans mon costume Cardin. (Seigneur, que j'avais bien fait de me couper la barbe et les cheveux; mais là, c'était moins réussi.) Je me garai. Salut militaire, y faut, y faut.

Je lui refilai mes papiers. Contrôle radar? Il alla jusqu'à sa pute d'Estafette et se mit au travail sur sa radio.

— Vous êtes du coin, alors? me dit son collègue.

— Voui, voui.

Je me gardai bien de lui dire qu'il est interdit

de fumer en service. Je pouvais les tuer tous les deux, au moment où l'autre viendrait me mettre les bracelets. Mais la situation deviendrait extrêmement inconfortable. Extrêmement. Le grand maigre qui me surveillait discrètement était marié.

J'essaierais de ne pas le toucher à l'estomac. Le moins grave, c'était où, pour qu'il ne bouge plus ? Ça dura une éternité. L'autre (celui à moustache) revint avec mes papiers, Re-salut, au revoir. Nom de Dieu, cette couverture fonctionnait encore, nom de Dieu, cette couverture fonctionnait encore, nom de Dieu, etc., etc. Comme ça jusqu'à Aubenas. Il était 11 heures un quart, mais une espèce de rade sordide était encore ouvert. Je me tapai un William Lawson's, en méditant comment j'allais m'y prendre avec ce bon vieux Jérémie.

À cause des flics à l'aller, je serais obligé de revenir par un tas de routes minuscules ; et de me manifester au village le lendemain. Je n'avais pas envie d'avoir l'air trop discret, merci bien.

Ensuite, je me racontai des histoires de mecs qui marchent sur des fils, des ravins de chaque côté, de glissades exemplaires. J'arrivai dans Montélimar déserté à peu près sûr d'avoir à mon cul entre sept et onze mille flics.

J'étais venu quatre fois chez Jérémie. Il avait un gamin, trois chiens et une femme.

Du dedans, je me sentais glacé. Je quittai la N 7 à Donzère et montai, en me trompant deux fois, à La Garde-Adhémar, que je traversai (ou plutôt, contournai). Après ça, je continuai sur la petite départementale qui passe devant la chapelle du val des Nymphes et engageai l'Alpine un peu plus loin à gauche. J'étais à six kilomètres à pied de Jérémie.

Je pliai soigneusement le costume, mis le blue-jean, le pull noir, les tennis noirs et, après, me demandai ce que j'avais oublié. Il y avait la lune, pleine. Ça m'arrangeait tout à fait, pour me dépatouiller entre les chênes rabougris, le maquis et les restes d'oliveraie. C'est quand j'arriverais chez Jérémie que ça serait beaucoup plus emmerdant.

Je vérifiai que le Walther était bien installé et sortis la 44 × 40 du coffre. Je comptais tuer Jérémie avec cette dernière arme, parce que je voulais garder le Walther pour d'autres occasions. Quand Straub serait remis, il faudrait songer à aller voir un certain petit camarade ; au rythme où vont les choses.

Il me fallut deux heures à m'arracher dans les buissons pour me retrouver devant la maison de Jérémie.

Il était en conséquence 3 h 05 quand je m'installai pour observer. Il y avait un peu de mistral. Ça soufflait à mon avantage, la raison pour laquelle j'avais décidé d'arriver comme ça : je voulais éviter de tuer les chiens ; surtout la petite chienne que son gamin adorait.

Il était fort possible que les Vila soient là aussi, à m'attendre. C'est ce que j'aurais fait à leur place.

D'où j'étais installé, on voyait trois carcasses de bagnoles, et portes et volets clos. Jérémie n'avait pas rentré son break, pour la simple raison qu'il n'avait pas de garage. J'avais l'intention de me servir du break pour revenir. Il était tourné dans le mauvais sens.

Je décidai de faire le tour de la maison, au large. Jusqu'au moment où les chiens aboieraient. Foutu comme c'était, je serais à peu près sûr que les Vila n'étaient pas dans le secteur, avant que Jérémie ne sorte.

Est-ce que je le servirais tout de suite, quand il mettrait le nez dehors, ou est-ce que je tâcherais encore une fois de lui expliquer ? Question : Jérémie avait-il plus peur de moi que des Vila ? J'espérais que oui. Ça m'éviterait de le tuer. Mais je craignais que non. Alfred Vila est un terrifiant. (Et Jérémie n'est pas très malin.)

Je traversai son champ de pommes de terre, contournai la maison plus avant encore par l'est et les chiens se mirent à aboyer, au moment où j'arrivais sur la petite route, passé le ruisseau.

Jérémie mit un moment à sortir. Il n'alluma pas la lumière. Mais comme il avait une chemise blanche, ça n'était pas bien différent.

Finalement, même là, la lune me rendait grand service.

J'évitai de penser à quoi que ce soit. Le levier d'armement fit un bruit délicat de mécanisme bien graissé et la première balle vint se loger dans le canon.

Je visai en dessous de la tache blanche de la

chemise. Je ne voyais pas la tête bouffie par le pastis de contrebande. Je relevai la 44 × 40 d'un centimètre et je trouvai que la détente était vraiment trop molle. Je vis Jérémie qui rentrait dans sa cuisine avec une balle de 44 × 40 approximativement entre l'estomac et le cœur. Je redoublai sur la tache blanche qui disparaissait dans l'ombre. Je fis encore mouche, parce que le corps sauta une nouvelle fois en l'air. Je venais de tuer un (ex) ami. Vu le bruit épouvantable de la Winchester dans la nuit calme, adorablement baignée par la lune, il me restait à foncer vers le break Ford 2, 3 litres de Jérémie, en priant pour que, comme à son habitude, les clés soient au tableau de bord.

Elles y étaient. Je vis Corinne qui allumait la lumière dans la cuisine et j'entendis le début de son hurlement. Je manœuvrai à toute vitesse le break, mis pleins phares et traversai la cour en écrasant une table d'été et un vélo de gamin.

J'étais complètement glacé en arrivant à l'Alpine. J'avais beau me dire que Corinne ferait une veuve exceptionnelle, ça ne me faisait aucun bien.

Avec ses bagnoles maquillées, Jérémie les faisait vivre dégueulasse, mais vivre. Il avait juste un défaut : il était le seul à connaître mon adresse, mon nom, ma couverture. Tout, quoi. On peut mourir de ces choses-là. La preuve.

J'hésitai longuement avant de foutre le feu au

break, pour donner le change. Et puis, c'était idiot. Ça foutrait aussi le feu à la garrigue et Corinne se retrouverait sans voiture.

Est-ce qu'elle allait être obligée de retourner sur le trottoir à Valence ?

J'enlevai les gants de chirurgie qui m'avaient servi pendant l'opération, remis mon costume, ma cravate et le reste. Il était 3 h 20. Corinne était encore en train de hurler, sans doute. Ou bien, elle téléphonait déjà aux flics. Au fond, est-ce qu'elle était conne, Corinne ? (Avec deux n, insistait-elle ; comme son prénom, c'est Hébertine, il y avait de quoi insister.)

La R5 ronronna. Je traversai de nouveau La Garde-Adhémar et j'étais dans Viviers, il était juste 4 h 05.

Je n'avais pas du tout envie de retomber sur la gendarmerie nationale. Aussi, tortillai-je la R 5 dans des routes introuvables. Je suai du pus entre le col de la Croix-de-Millet et Jaujac. Ensuite, ça allait à peu près : je me tapai successivement le col de la Croix-de-Bauzon, la route de Saint-Étienne-de-Lugdarès et après, des chemins que je connais via une série de cols improbables.

Au résultat, je passai à cinq ou dix kilomètres au sud de Grandrieu ; il était 8 heures passées. J'étais à neuf cents mètres de la maison, il était 9 heures et quart. Apparemment, on en était toujours au même point. (Sauf que j'avais expédié Jérémie Detwiller au royaume des ombres.)

Il y avait des fils de la vierge, de la rosée et j'avais froid. Un soleil net envahissait les champs. C'est bon d'être encore vivant. Si les frères Vila étaient déjà là, ils avaient neutralisé Straub. Ils lui avaient coincé les doigts dans une porte. Je voyais Alfred Vila coinçant les doigts de Straub dans le chambranle d'une porte et demandant où j'étais. (C'est pénible, j'ai déjà expérimenté et j'ai dit tout ce qu'on voulait, bien entendu.)

Depuis mon départ rien n'avait bougé. Je récupérai la lettre et pris la température de Straub. Une température de bébé. J'avais un peu moins d'intelligence qu'une vache.

Je renonçai à téléphoner à Corinne (avec deux « n »). Elle était sur table d'écoute, sans problème. Je comptais lui faire parvenir un joli paquet. Comment ? Question idiote. C'était *quand*, la question.

Je fermai tout, juste au moment où le chat Azimut décidait de sortir. Un gardien sur qui on pouvait compter. Je ricanai un bon moment et attendis les flics.

L'Estafette se pointa au moment où je finissais mon saint-émilion, en écoutant la radio, qui débitait des histoires de chevaux gagnants (ou pas) et avec une envie de roupiller remarquable.

— Messieurs ?

— Alors, vous êtes rentré ?

(Cette question : non, j'étais ailleurs, bien sûr, ça ne se voyait pas ?)

— Oui.

Je ne comptais pas du tout leur faciliter les choses. Là, au-dessus, il y avait Straub. Il n'y avait qu'à prier pour qu'il ne trouve pas ce moment-là parfait pour appeler.

— Vous vous êtes fait contrôler cette nuit à Lanarce. (Le Walther était dans le tiroir. Ça serait encore plus facile. Le maréchal des logis-chef se ferait assaisonner en pleine tête, d'où j'étais.)

Je dis :

— Oui, bien sûr. (Je laissai un temps et puis :) Et alors ?

— Non, non, rien. On venait voir, comme ça.

— Ouais, ouais ?

Silence de mort.

Un petit Corse, le brigadier : Filippi. Gentil, avec sa moustache.

— Non, non, finit-il par dire. Pas de problème. On ne savait pas que vous étiez rentré.

— C'est vos collègues de Langogne ou de Pradelles qui veulent en savoir davantage ? J'ai été contrôlé hier soir à Lanarce. Ce qu'ils ont entendu à leur petite radio ne leur plaît pas ?

— Non, non, mais...

Le petit brigadier corse, pas de problème ; mais son collègue, le grand maréchal des logis-chef, avec des yeux gris, lui, je n'avais pas intérêt à le sous-estimer, avec sa façon de regarder tout sans en avoir l'air.

— Bon, asseyez-vous.

Ils posèrent leurs galures renversés sur ma belle table en merisier. Je sortis le marc de gewürztraminer 1946.

— Écoutez, je n'ai pas envie d'avoir d'emmerdements. Il y a une jeune personne du côté de Thueyts avec laquelle... Bon.

Je pris un air entendu, le petit brigadier aussi, mais ça laissa de marbre son chef. Ah oui, le chef Marchand. Toute une histoire, genre garde mobile au Togo ; un plaisantin, pas de doute. Une balle de PPK, ça fait des effets effroyables, comme ça, à deux mètres. Effroyables. Les cons. Allez-vous-en. Vous savez qui c'est les frères Vila ? Nom de Dieu.

— ... Oui. Et elle est mariée.

— À votre santé, dit le brigadier que son chef fusilla du regard.

— C'est ça, à votre santé.

Les yeux délavés du chef Marchand me dirent qu'il savait que je lui servais une salade, mais qu'il n'y pouvait rien.

Je déplaçai imperceptiblement ma main. Les gens que j'attendais étaient beaucoup plus dangereux que deux gendarmes de *la blanche.*

Finalement, ils se levèrent, refusèrent une tournée de marc.

Mais je savais qu'ils reviendraient et le chef Marchand allait se trouver sur ma route bientôt ; c'est-à-dire entre les Vila et moi-même. Ça ferait certainement monter la température.

— Déjà les gendarmes ? demanda Straub.

— Déjà les gendarmes.

— Eh bé, j'croyais que c'était la planque idéale.

— J'ai été contrôlé cette nuit, dans un petit patelin. Ils sont juste venus voir si j'étais rentré.

— Tu étais où ?

— Je suis allé faire une promenade du côté de Montélimar.

— Ah.

Il mit un temps.

— Il connaissait, ici, Detwiller ?

— Oui, tout. Il n'aurait jamais tenu le coup devant les Vila. Alfred a ses habitudes, il lui aurait coincé les doigts dans une porte et appuyé jusqu'à ce que l'autre dise tout. Avec Jérémie, fallait compter une minute.

— Alors, tu l'as servi ?

— Non, je suis allé acheter des melons.

— Tu crois que je peux fumer une clope ?

— Si tu tousses, ça va te faire drôle, mais enfin, c'est ton problème.

Il tira tellement fort sur sa clope que je crus qu'il allait en fumer la moitié d'un coup.

— Alors, tu as effacé leur seule piste ?

— Oui. Mais ils trouveront quand même, rassure-toi. C'est des obstinés.

Straub ne toussa pas au point de rouvrir ses blessures, mais il dégusta assez joliment.

— Et les fausses plaques de ta bagnole, elles viennent d'où ?

— D'un type que ni les Vila ni toi ne connaissez et qui crèche à Nantes. Du reste, il ne sait même pas mon nom.

— Moi non plus, dit Straub.

— Tant mieux. Tu veux essayer de bouffer quelque chose ?

Je me réveillai à 6 heures, m'habillai en songeant à tous les problèmes, inclusivement en pensant à ceux auxquels je ne songeais pas : les pires, bien entendu. Le problème n° 1, c'était de bouffer du pain frais et autre chose que des conserves. Il faisait suffisamment frais pour que je puisse mettre cette grosse veste de cuir avec laquelle on me voyait constamment dans le village. Ça tombait bien, le Walther s'y logeait de façon absolument invisible. J'allai jusqu'à Saint-Alban faire mes courses ; en rentrant, je m'arrêtai chez Bernet boire une bière.

C'était l'heure où tout le monde s'enfile le quatrième pastis avant d'aller souper. Je serrai douze mains plus ou moins calleuses, plus ou moins énormes et me campai au bar. Ça y était, j'avais fait ma rentrée officielle.

Je payai une tournée, causai un moment de la prochaine ouverture de la chasse avec André Pardieu et je lui refilai toutes les paperasses nécessaires pour renouveler mon permis. Après quoi, je remontai, à la nuit tombée, pour préparer convenablement cette entrecôte.

Rien de ce que j'avais mis en place pour être

(à peu près) sûr que les Vila ne m'attendraient pas au gîte n'avait bougé. Sinon, tout était noir.

Je sortis malgré tout le Walther et poussai la porte.

Corinne Detwiller m'attendait, assise dans le noir, avec la Winchester à la main.

Elle me braqua et dit :

— J'aurais pu être Alfred Vila.

— Non. Pose ça. Tu sais bien que je vais tirer bien plus vite que toi. Je vais te ramener à La Garde.

— Fumier.

C'était très général.

— Tu veux venger ton mari ?

Elle eut un drôle de petit rire.

— Sûrement pas. On n'éprouve pas le besoin de venger les pauvres types.

L'emmerdant avec les dames, comme on le sait bien, c'est leur délicatesse. Mais ça, bon.

Elle posa la 44 × 40 contre le mur de la cheminée.

— Je ne savais pas que ton mari te disait mes petits secrets.

— Tu ne l'as pas tué net. Il a mis une bonne demi-heure à crever en crachant du sang...

— Oui, oui. Les blessures au poumon, c'est toujours le cas.

Je ne fus pas indiscret au point de lui demander où j'avais touché avec la deuxième balle.

— Alors ?

— Il m'a dit que ça ne pouvait être que toi, que c'est toi qui avais téléphoné l'après-midi, que je devais prévenir les flics. Il m'a aussi dit où tu créchais.

— Alors ?

— J'ai foutu le feu à la baraque, collé le môme chez ma mère à Valence et suis venue ici.

— Avec le break ?

— Avec le break.

— Il est où ?

— Dans le chemin juste après chez toi. Je préférais venir à pied. Je ne savais pas bien tes intentions.

— On repart tout de suite. Tu vas me suivre avec.

— Mais... pourquoi ?

— Tous les flics du coin connaissent son numéro, bien entendu.

Elle devait être idiote (ou un peu perturbée, après tout, hein ?).

Je ne lui demandai pas pourquoi elle avait foutu le feu à la baraque. Ça n'était pas bête.

Il fallait faire extrêmement vite. Pourvu que personne ne l'ait vue monter. De toute façon, il n'y avait plus qu'à entasser les « pourvu que ».

Je me munis du gros jerrican (merci, Seigneur, il est plein) et de trois bidons d'huile.

Je ne pourrais pas monter très haut avec l'Alpine. Il nous faudrait redescendre à pied.

Corinne me suivit sans discuter. À cet endroit-là, personne ne verrait la lueur de l'incendie et il faudrait bien trois hivers avant qu'on ne découvre la voiture.

Ça faisait à peu près douze kilomètres de

petits chemins, impraticables en hiver. Je me garai au seul endroit où on pouvait faire demi-tour. Neuf heures moins le quart. Je me mis au volant du break ; pas le même, bien sûr ; mais Jérémie en avait six et deux en état de rouler. Je versai les trois bidons d'huile un peu partout, rajoutai vingt litres de super à 4,95 F le litre et n'eus qu'à pousser le break dans le ravin. Après quoi, je glissai la balle incendiaire (fabrication personnelle, exclusivité pour Winchester 44 × 40) dans le canon.

Ça fit « vlouff ! » comme d'habitude. Je dégringolai rejoindre Corinne qui sanglotait en silence dans l'Alpine.

— Tu sais faire la béarnaise ?

— Si tu veux, dit-elle.

Ça l'occuperait. Et la béarnaise est idéale avec l'entrecôte.

J'avais allumé du feu, tiré de la cave deux bouteilles de côte-rôtie et nous en étions juste au premier bourbon-Perrier. Tout allait donc mieux.

— Je suis désolée ; j'ai pas pensé au break.

— Si c'était le seul motif de désolation.

— On ne peut pas entrer ici, la nuit ?

— En principe, non, répondis-je. Toutes les ouvertures sont conçues pour qu'on ne puisse pas. Mais les deux Vila vont sûrement trouver une astuce.

Je mis le couvert et nous attaquâmes le foie

gras. Elle dit qu'elle n'en avait jamais mangé, ce qui n'avait rien de surprenant. Corinne Detwiller, née Hébertine Romano. Une romano, en effet. Une vraie. Cheveux du modèle aile-de-corbeau habituel. Presque bleus. Beaucoup de misère dans la banlieue de Valence. Le trottoir ou l'usine. D'abord un peu des deux et ensuite Jérémie Detwiller, le môme (pas de Jérémie), le maquillage des bagnoles.

Pas de foie gras à l'horizon.

— Maintenant que tu es là, tu n'as plus beaucoup de choix. Je ne peux pas te laisser en vadrouille, avec les Vila. De toute façon, tu n'as pas un rond.

— Non, je n'ai plus beaucoup de choix.

Yeux verts sous les cheveux raides ; beaucoup vu. Moi aussi, merci.

Elle était très petite et c'était joli comme tout. Je débouchai le côte-rôtie.

De toute façon, ça ne me paraissait pas être une haineuse. Cette nuit, j'avais tué son mari. Suite de quoi et en cascade, elle avait été obligée de foutre le feu à la baraque, de se séparer de son gamin et le reste. Pour faire un compte rond, j'avais fait griller une bagnole de deux briques.

Con, sonnée. Ou vicieuse ? Attendant la bonne circonstance pour me virer un chargeur dans le dos ? Quel âge ? Vingt-trois, vingt-quatre ? Je me décidai pour vingt-trois et me demandai comment ça allait se passer avec elle sur les bras. Je commençais à en avoir mon compte, des éclopés.

Je fis cuire l'entrecôte. Elle aimait la viande bleue. À porter à son crédit. Informations de 10 heures.

« Dans la tuerie de Saint-Cloud, la police aurait peut-être une piste, mais reste extrêmement discrète. Crruitt... Zriinnn... Cruitt... l'une des voitures qui a servi aux gangsters pour prendre la fuite. (Ça coula, glacé, dans mon dos ; putain de merde de putain de merde.) Il s'agirait d'une BMW gris métallisé qui pourrait être passée au péage de Péronne, sur l'autoroute du Nord, environ trois ou quatre heures après le hold-up réussi de l'avenue de Saint-Cloud, pour un montant, chers auditeurs, de près de deux cent cinquante millions d'anciens francs. Les gangsters semblaient très au courant de... Cruiiitttt... car... »

Je lui coupai le sifflet.

— C'est bon ? demanda-t-elle.

— Je ne sais pas. Les poulets ont fixé la bagnole d'Alfred et du petit Patrice Vila. Ils ont une baraque vers Maubeuge. Ça leur permet de passer en Belgique facilement, qu'ils disent. Cela dit, ils peuvent être à peu près exactement n'importe où. Et ils ont sûrement changé au moins trois fois de voiture depuis. Ce qu'il y a, c'est que leurs mouvements sont forcément limités. Ils sont trop connus, les frères Vila. Ça devrait nous laisser le temps de nous organiser.

Elle avait l'air rêveuse. D'après ce que j'en savais, il y avait deux cent quarante-sept mille six cent vingt-six francs tout rond. Du moins, c'était le montant indiqué sur le double que m'avait obligeamment remis le petit postier anarchiste contre menue monnaie.

Quand je décidai qu'il était l'heure, je montai changer les pansements de Straub et elle me suivit. Il me restait à faire les présentations. Je restai très mondain.

Corinne me regarda faire avec intérêt. Peut-être qu'elle pensait que ça pouvait toujours servir.

— Corinne, un jambon-salade, avec juste une goutte d'huile d'olive pour M. Straub.

— Très bien, docteur, qu'elle répondit, la petite effrontée.

Exit Corinne. Straub dit :

— Ça va, elle a l'air de supporter la mort de son bonhomme.

— Mon cher Erich, comme vous le savez et comme nous le répéterons après mon collègue Sigmund Freud, la femme est « le continent noir ».

— Ça veut dire quoi?

— Que Freud pigeait rien aux bonnes femmes et pour la simple raison (d'après lui) qu'il n'y a rien à y comprendre.

— Ah, c'est pour dire ça?

— Oui, oui, oui.

J'arrêtai mon cours à cet endroit; à mon avis, c'était déjà beaucoup pour Straub. Je revins sur le plan de la pratique.

— Les flics sont au cul des frères Vila.

— Tant mieux, dit-il.

— Ce n'est pas mon avis. Si les flics les piquent, je ne pourrai quand même pas aller les détruire en prison ; ce serait trop compliqué. Et j'ai l'intention de les tuer tous les deux. Je pense même que tu me donneras un coup de main, puisque tu étais tireur d'élite. Avec quoi ?

— MAS 49/56, tout simplement.

— Je te trouverai ça. Et des balles perforantes.

— Tu comptes que je vais marcher dans ta combine ?

— Oui.

— T'as raison.

Corinne revint.

— Et elle ? demanda Straub.

— Elle, quoi ? dit Corinne.

Avec sa belle santé, Erich Straub avait sifflé son jambon en quatre secondes.

— Elle, elle attend les événements. Que veux-tu qu'elle fasse d'autre ?

Straub n'avait presque plus de température. Il eut encore droit à un yaourt aux fruits entiers (« avec des fraises ») pour accompagner son ultra-levure. Je décidai qu'il pourrait se lever le lendemain. Comment est-ce que le rein n'avait pas été touché, me demandai-je une n-ième fois. Mystère, mais tant mieux pour lui, il n'y a, de l'avis des connaisseurs, pas plus abominable.

En redescendant dans la salle, je proposai à Corinne un armagnac 1901. Je lui expliquai :

— À mon âge, en être réduit à ça.

— Hein ?

— On ne peut pas trouver dans le commerce

un armagnac aussi génial. C'est une cuvée de ce restaurant. Alors, il a fallu que je pique la bouteille.

Elle rit.

— Et il est beaucoup plus difficile de piquer une bouteille dans un restaurant que toute autre chose. Il n'y a pas plus méfiant qu'un sommelier.

— T'es quand même un drôle de type. Hier soir, tu as tué mon mari, et maintenant j'ai envie de faire l'amour avec toi.

Immanquable.

— C'est courant, lui assurai-je. Du moins, dans la forêt primordiale. Ce n'est pas très civilisé, mais je pense que ça doit être très agréable. D'ailleurs il y a des exemples historiques.

— Ah? Tu veux pas?

— Si, si, bien sûr.

Elle vint se coller contre moi et je caressai ses seins nus sous le pull noir.

— Je suis très sensible de là, feula-t-elle.

— Tu m'as l'air très sensible de partout, lui dis-je en poursuivant cette exploration vers le bas. Mais peut-être pourrions-nous continuer dans un lit?

Nous continuâmes d'abord sous la douche, celle dont j'avais tellement besoin. La bouche pleine de dentifrice, elle pratiqua sur moi une fellation considérable.

— Le mieux, c'est le « Très Près », affirma-t-elle.

— Je comprends. Je ne manquerai pas d'en

acheter demain. Et je suppose que ça marche dans les deux sens.

Elle mit un temps à comprendre et puis rit.

— Oui, oui, ça marche dans les deux sens.

Parti comme ça, il n'y a pas d'exemple que ça ne continue très bien.

Nous fîmes donc très longuement l'amour, entre Walther PPK 7,65 et Winchester 44 × 40.

Remède excellent contre les états de tension extrême : faire l'amour. Mais le Walther PPK aussi finalement. Nous nous endormîmes donc au milieu des remèdes.

3

Je dormis douze heures de rang, ce qui est d'une imprudence folle, mais au bénéfice, il y avait que j'étais parfaitement reposé et quand j'aurais bu assez de café, je pourrais prendre les choses en main.

Corinne bougea un peu quand je me levai ; peut-être avait-elle l'intention de continuer. Je poussai suffisamment les volets du petit salon de lecture et observai le sous-bois en haut de la prairie avec les jumelles. Rien de nouveau, apparemment. Je virai à droite de quarante-cinq degrés : la route. Idem. Encore quarante-cinq degrés : personne dans le clocher, à observer de son côté. Ça durerait longtemps encore ?

Je descendis faire du café et allumer du feu. Il faisait ce froid spécial, propre aux vieilles maisons. J'ouvris la grande porte-fenêtre et bus une cafetière face à un soleil aveuglant. Là encore, je n'étais nullement en sécurité, mais ça n'était pas l'idée des Vila qui m'empêcherait de boire mon café en regardant les sapins, la brume dont les derniers pans se dissolvaient et le chat Azimut qui se tortillait dans l'herbe trempée de rosée pour venir réclamer du lait. Je fumai deux cigarettes et Corinne descendit à 11 heures moins 10.

Elle vint, les yeux papillotant un peu dans le soleil. Je la trouvai encore plus jolie qu'hier soir, ce qui est extrêmement dangereux. Elle but le café dans mon bol comme un autre chat, me prit une cigarette.

— On a dormi longtemps?

— Oui.

J'allai prendre une douche, trouvai un blue-jean propre, un pull. Je me rasai soigneusement (une ombre de barbe, c'est déjà une barbe) et partis téléphoner à Montclin. Corinne refaisait du café et chantonnait une chanson triste.

— Je pensais bien que tu allais m'appeler, dit Montclin. Qu'est-ce qu'il te faut?

— Un peu de tout, mais du gros.

— Je m'en doute. Tu préfères venir?

— Oui.

— Tu es où?

Là-dessus, il éclata de rire. Guy Montclin est l'homme le plus discret du monde. Dans le métier qu'il fait, c'est essentiel.

— Je serai là-bas vers 8 heures ce soir, je pars tout de suite.

L'imprudence calculée, c'est le mieux. Il venait d'entrer dans la tête de Guy Montclin que j'étais à huit ou neuf heures de route.

Les Vila, eux aussi, connaissaient Montclin.

D'ailleurs, si ça se trouve, ils iraient faire leurs courses chez lui (ou bien, il y avait Alfred Vila à l'écouteur).

— Tu t'en vas?

Sa bouche tremblait un peu.

— Il n'est pas question que tu viennes avec moi.

Les yeux verts.

— Essaie de faire marcher un peu Straub cet après-midi. Vous n'ouvrez sous aucun prétexte. De l'avis de tout le monde, je suis seul dans la maison. Je veux que ça continue comme ça. Tu sais tirer?

Elle fit non. Je lui expliquai le fonctionnement de la Winchester en rigolant au souvenir de Corinne me menaçant avec.

— Je n'avais plus peur, hier soir, dit-elle, mais ça recommence.

— Je t'assure qu'on s'habitue très bien, lui répondis-je doucement. Il y a des kilomètres de lecture dans le petit salon que je t'ai montré. C'est aussi un excellent poste d'observation.

Je ne l'embrassai pas et montai dans l'Alpine : cinquante kilomètres d'ici Mende, une centaine de Mende à Alès et encore soixante-dix d'Alès à Montpellier. Je roulai en pensant à tout en même temps, ce qui ne donna évidemment aucun résultat, n'insistai pas et mis de la musique. À Mende, j'achetai les journaux les plus divers et m'installai pour lire devant un express et un croissant rassis. L'article le plus complet était dans *Libération*, mais la photo de Corinne dans *l'Aurore*, sous le titre : « *Tuerie de Saint-Cloud* : une nouvelle piste ? »

Ça y était : comme prévu, les représentants de la légalité républicaine n'avaient pas été longs à savoir qui avait maquillé la 604. J'avais eu beau expliquer qu'il était préférable de piquer une bagnole, comme tout le monde, il n'y avait rien eu à faire. À force de se compliquer la vie avec des trucs réputés vachement au point, mais bien trop complexes, Alfred avait mis tout le monde dans la merde. (« Te mine pas ; comment veux-tu qu'ils sachent d'où elle vient ? ») On peut pas discuter absolument tout et ne jamais être d'accord. J'avais dit « et puis merde » et les poulets avaient mis à peine un peu plus de quarante-huit heures, voilà tout. Valence et Lyon, ça grouille de camés et d'indics (la plupart du temps, c'est la même chose). Je conclus qu'au résultat, dans la question du gangstérisme, Alfred Vila était une nullité, malgré sa réputation. La photo de Corinne était excellente, à mon avis. Les flics se demandaient pourquoi le meurtrier de Jérémie Detwiller avait mis le feu à la baraque et craignaient que sa femme et son gamin n'aient été enlevés. Ils abandonneraient cette idée quand la mère de Corinne leur téléphonerait pour leur dire de ne pas s'inquiéter.

De la poste, j'allai téléphoner chez moi. Corinne répondit à la troisième sonnerie.

— Idiote, dis-je. Ce pouvait très bien être n'importe qui d'autre que moi. Les gendarmes, par exemple.

Je raccrochai, furieux. Le rassurant était que l'histoire du hold-up était seulement en quatrième page. Si les flics ne se trouvaient rien de nouveau, ça disparaîtrait pour faire place au descriptif d'une nouvelle tuerie quelque part ailleurs. Les tueries se succèdent et se ressemblent, comme on sait; mais le public aime le nouveau dans l'identique et les flics ne peuvent pas être partout, sans compter le menu fretin dont il faut bien s'occuper de temps à autre. La vie de poulet doit être extrêmement chargée.

En roulant vers Alès, j'estimais que les Vila attendaient aussi un nouvel attentat genre « rue Copernic » qui ferait passer leurs binettes au deuxième plan. Les attentats politiques sont la chance de la fripouille et j'en connais qui n'opèrent qu'en Italie pour plus de tranquillité. Même au cours de la lire, il paraît qu'ils s'y retrouvent.

Aux informations de 13 heures, on ne parlait de rien nulle part. Il y avait trop peu de monde au restaurant du col de Montmirat. Je n'aime pas ces salles désertes où le loufiat a le temps de vous reluquer sur tous les angles pendant que vous vous tapez innocemment la cloche. Je trouvai ce qui me convenait à Florac et traînai à table en estimant le contraire de ce que j'estimais une heure avant : les Vila n'attendraient rien du tout.

Guy Montclin habitait une fort belle maison bourgeoise au sortir d'un petit pays, une quinzaine de bornes avant Montpellier, sur la route de Quissac. Guy Montclin était d'abord maire de son bled ; ensuite, agent d'assurances. Ce qui ne manque pas de saveur quand on a une cave bétonnée comme la sienne. Je passai deux fois devant la maison en voiture ; il était 4 heures. J'allai garer la voiture à deux kilomètres sur une petite route et revins tranquillement à pied, pour entrer par la porte réservée aux clients qui ne viennent pas tellement pour les assurances sur la vie.

J'escaladai tranquillement le mur et retombai dans le jardin, le Walther à la main, sans avoir touché le fil électrique dans la vigne vierge. Guy est allergique aux poils de chien, ce qui lève un problème. Par contre, c'est un raffiné de la surveillance électronique.

Il était à ma droite, à la main un Herstal 11,43 muni d'un silencieux gros comme une boîte de conserve, chose bien inutile, quand on sait ce que valent les réducteurs de son sur les gros calibres : rien.

Le Herstal pendait au bout de son bras. Il dit, par-dessus des lauriers :

— Ils ne sont pas là, tu peux remballer. À moins que tu n'aies décidé de me descendre également ?

— Arrête de déconner et offre-moi plutôt une bière.

— J'ai failli ne pas te reconnaître, sans barbe ni cheveux. Ç'aurait été dommage.

Il faisait frais dans son salon-bureau. Au mur, il y avait un vrai Cézanne. Heureusement pour lui, personne n'imaginait que ce fût un vrai. Guy buvait une caisse de bière par jour : ça donne une certaine forme d'embonpoint plutôt inélégante. Ce jour-là, il travaillait à la Carlsberg.

— J'ai laissé la voiture comme d'habitude.

— Alors, c'est toi qui as flingué Joël Vila ? Qu'est-ce qui t'a pris ?

— Occupe-toi de ton commerce, Guy. Ce sera tellement mieux pour tout le monde.

— Comme tu veux. Ça t'intéresse de savoir qu'Alfred Vila a téléphoné hier soir ?

Je haussai les épaules.

— Dis toujours.

— Il m'a dit qu'il m'interdisait de te vendre quoi que ce soit.

J'éclatai de rire : Alfred était devenu complètement fou. Je ne voyais pas bien qui pouvait interdire quoi que ce soit à Guy Montclin.

— Alors ?

— Je lui ai répondu ce que je réponds dans ces cas-là, qu'il savait très bien qu'il aurait une bonne trentaine de types au cul, s'il s'amusait à ça. J'ai horreur des menaces. Qu'est-ce qu'il te faut ?

— Un MAS 49/56 avec cent balles normales et une cinquantaine de perforantes. Trois grenades quadrillées, n'importe quel modèle...

— Pour les tirer au fusil ou à la main ? Je peux avoir des antipersonnel modèle 48, avec 250 mètres de rayon d'efficacité. Tu les tires avec le 49/56.

J'acquiesçai. Tant pis pour les quadrillées.

— C'est tout?

— Non. Je veux aussi un M 16 A1 et un bon paquet de munitions.

— Ça tire du .223 Remington, mon ami. Il n'y a pas mieux. Mais c'est très rare, ou alors il faudrait que j'aille en Allemagne. C'est long, coûteux et compliqué. J'ai une autre solution; plus cher, mais beaucoup plus rapide.

— Vive les solutions rapides : quarante-huit heures.

Il me dit le prix. C'était effectivement faramineux, mais, dans mon cas, ça me paraissait un bon investissement. La balle .223 Remington de 5,56 × 45 sort du M 16 A1 ses onze grammes vingt-trois à mille quatre-vingts mètres à la seconde : elle peut faire exploser un corps humain.

— Tu désires sans doute que je livre la camelote?

— J'aimerais autant, bien entendu.

Il faut être équipé pour trimballer ce genre de matériel : on ne balade pas ça sur les routes n'importe comment. Guy a un break Mercedes spécialement aménagé.

— Où cela?

— Passe-moi une Michelin 76.

— Une autre bière?

— Oui, merci.

Je ne fis aucune croix sur la carte, mais il enregistra; sur la D 59, au niveau du col de la Croix-de-Bor; laissai vingt mille balles d'acompte, finis ma bière.

Tout se passa sans problème et à 8 heures et demie, je traversais le village, en songeant à la question du clocher.

— On aura ça quand ? demanda Straub.

— Après-demain soir.

— Avec ça, on devrait pouvoir soutenir un siège. Tu as pensé au raffut que ça va faire ? Les flics seront là en cinq minutes.

— Je ne crois pas, dis-je gaiement, parce que je ferai sauter le relais téléphonique du village, sitôt que ça commencera.

— Comment ?

— Petit mystère, mais crois-moi, ça sautera. Ça nous laissera une demi-heure pour tuer les deux Vila et nous tirer.

— J'ai préparé une potée, dit Corinne.

Je ne leur dis pas que je comptais également faire sauter le pont qui commande le village. Nous, on se tirerait par où j'étais venu la première nuit. Je n'avais pas envie qu'ils disent que ça n'était pas un règlement de compte, mais l'Apocalypse. Ce n'était pas que je tienne à laisser un souvenir impérissable aux habitants : mais il n'était question de sous-estimer ni les Vila ni les flics.

Pour aller avec la potée, et pour faire plaisir à Straub, je remontai les deux dernières bouteilles d'edelzwicker. Rien n'y avait fait. M. Straub voulait tenir sa place à table comme tout le monde. Je lui parlai des relations chimiques entre les antibiotiques et l'alcool ; il me rit au nez et se tapa un William Lawson's. Il se soutenait sur la canne de ma grand-mère.

J'allais quitter tout ça. Pour aller où ?

J'aimais cette maison ; la potée de Corinne était parfaite.

Les interrogations psychologiques, ce n'est pas mon fort. Je jetai un coup d'œil latéral sur Corinne. En ce moment, elle avait des cernes et un air approximatif de chien battu. Est-ce qu'elle trouvait le bonheur dans l'esclavage ? Je me promis de lui faire lire *Histoire d'O* pour lui calmer les ardeurs. Pourquoi faut-il que le sexe soit obligatoirement lié à la douleur ? C'était pourtant à cause de ça que Corinne avait eu envie de moi vingt-quatre heures après que j'avais tué son mari. Le blanc, ça va cinq minutes. J'allai chercher, toujours la 44 × 40 sous le bras, un musigny 49. De toute façon, mieux valait boire la cave entière. Je ne pourrais pas déménager les bouteilles. L'idée me fit sourire.

J'aidai Straub à remonter et refis ses pansements : ça prenait belle allure.

Il dit :

— Eh ?

— Oui ?

— Je voulais te dire... j' veux dire... Oh ! et puis merde !

Je pris la bouteille de Solubacter.

— J' veux dire : c'est bien, ce que tu fais.

J'ouvris une nouvelle boîte de pansements aseptisés.

— Pourquoi tu m'as pas laissé sur le trottoir? J'en avais marre, de toutes leurs questions.

— Écoute-moi bien, Erich Straub : une fois pour toutes, tu ne poses pas de questions là-dessus. D'accord? Restons-en aux problèmes techniques.

— J' voulais...

Il y eut un silence.

— Je ne laisse personne sur les trottoirs, c'est tout.

— Sauf quand tu décides d'en laisser un.

— Sauf quand je décide d'en laisser un. Enlève ta veste.

— De toute façon, tu peux compter sur moi.

Il n'y avait presque plus de pus. Il ne devait pas y avoir d'infection interne. Restait la question de la rate.

— De toute façon, ça ne pouvait pas durer éternellement.

Nous venions de terminer de faire l'amour comme des fauves. J'étais allé chercher du bourbon, du Perrier, des glaçons. Il était une heure et demie.

— Ça m'a donné faim, dit Corinne.

J'en conclus que copuler est idéal dans la question très délicate de la digestion de la potée façon limousine. Sans nous rhabiller, nous descendîmes dans la salle principale. Je ravivai le feu et Corinne se mit à manger des sandwiches au pâté de foies de volaille en terminant l'edelzwicker. Elle avala, ce qui fit faire à son sein droit, profilé sur la lumière du foyer, un très joli mouvement. Je me dis, comme un connard : « Le sang gitan, ça vous donne une élégance triste. » De là, ça me faisait penser à ma mère m'interdisant de jouer « avec ces petits voyous de Romanos ».

— Qu'est-ce qui ne pouvait pas durer éternellement ? demanda Corinne.

— Hein ?

— Oui. Tout à l'heure tu as dit : « Ça ne peut pas durer éternellement. »

Elle s'approcha du feu et le chat Azimut lui sauta dessus pour flairer la fin de sa tartine.

— Ça. Tout ça.

— Laisse tomber les Vila.

J'étais en train de m'attendrir, ce qui est extrêmement agréable.

— Je ne peux pas. Je pense que tu as compris cela ?

— Alors, va les chercher chez eux et bousille-les.

Elle mit un temps et ajouta :

— J'aime bien ta maison.

— Je ne peux pas aller chercher les Vila parce qu'ils ne sont pas chez eux.

— Et eux ne savent pas où t'es. Vous êtes bien avancés. Ça peut durer longtemps.

Je me servis un nouveau bourbon.

— Je ne savais pas que tu étais une femme de tête, dis-je.

Elle haussa les épaules, qu'elle avait bien carrées et en muscles.

— Tu comptes faire quoi, *après*?

Je regardai ma montre et allai téléphoner à Guy.

— Je rentre juste, dit-il. J'aurai tout ce qu'il faut comme convenu. Il y a même un petit cadeau.

— Si les Vila viennent te voir...

— Ils viendront. Demain. Ils ont téléphoné en mon absence. J'ai un répondeur. Ils ne se sont pas nommés, mais j'ai très bien reconnu la voix d'Alfred.

— Dis-leur que je voudrais les voir en terrain neutre. Je pense qu'Alfred sera d'accord. Dis-leur de mettre tout de suite un télégramme poste restante au Puy. Je passerai après-demain matin. Dis-leur que s'ils sont d'accord, je les attendrai à Tournon, à une adresse qu'ils connaissent, pas demain ni après-demain, dans trois jours. À midi.

— À une adresse qu'ils connaissent?

— C'est ça.

— Tu peux compter sur moi. Je ferai la commission. Pour le reste, comme convenu.

— Bonne nuit.

Je finis mon verre. Corinne fumait une de mes cigarettes.

— Tu fais ça pourquoi?

— Pour gagner du temps. Je veux que Straub soit un peu retapé et que tu puisses te débrouiller avec la 44 × 40.

Elle hésita visiblement, puis demanda :

— Et le fric ?

— Quoi, et le fric ?

— Si tu le leur donnais, ils laisseraient peut-être tomber.

— Non. Ce serait un motif supplémentaire pour me tuer. Cherche pas, Corinne, il n'y a pas cinquante issues.

Corinne fut secouée par le premier coup de la 44 × 40. Je lui expliquai comment mieux serrer la carabine et comment bloquer sa respiration. On était à quatorze cents mètres à cet endroit, un vrai désert, les sapins. Les coups de départ se répercutaient et on devait nous entendre à trois kilomètres. Mais comme il n'y a pas un rat à quinze kilomètres à la ronde, ça n'avait pas d'importance. Corinne, maintenant, était blonde et les cheveux raccourcis à deux centimètres. Ce qui l'avait motivée, c'était le numéro de *l'Aurore*.

À la douzième cartouche, la bouteille de Perrier vide explosa. J'allai en placer une autre en me demandant si elle allait me tirer dans le dos. Après ça, elle tuait Straub et disparaissait au Pérou avec le fric. Fin de l'histoire. Et pour un premier tir à cent mètres, ce n'était pas mal du tout. Il n'y eut aucun bruit métallique d'armement derrière moi et je posai une nouvelle bouteille et trois autres à côté.

— J'aurais pu te tuer, dit-elle.

— Concentre-toi.

Il y avait des nuages à l'ouest. Le beau temps allait bientôt finir. Elle péta les quatre bouteilles en cinq coups. Après, nous redescendîmes et je lui promis de l'emmener bouffer au restaurant le soir même. Ça ne ferait jamais qu'une imprudence de plus. C'était drôle, cette fille qui arrivait comme ça : à chaque fois que j'étais allé voir Jérémie pour affaire, ça avait été « Bonjour », « Bonjour ». Et maintenant, j'étais dans une sale guerre.

L'Alpine était garée deux kilomètres plus bas.

— On s'arrête deux secondes ?

Je voulais bien même m'arrêter un peu plus. Elle me piqua une nouvelle cigarette. Avec ses cheveux artificiellement blondis, on ne savait pas si c'était une pute rasée par la Résistance ou une Kapo dans un camp de concentration. Elle posa enfin une question intelligente. Elle s'améliorait à chaque instant.

— Il va s'en tirer, Straub ?

— Je ne sais pas. Ça dépend de la rate.

— On a une rate ?

— Oui. C'est pas seulement ce qu'on donne aux chats.

Elle tira sur la Pall Mall. Je me décidai :

— Ce que je vois, c'est que la balle a traversé les muscles de l'abdomen. Straub a eu le bol qu'elle longe le colon gauche dans la cavité pariéto-colique. Ça a un peu délabré la graisse péricolique au passage, mais ça n'est pas grave. Après, elle a dû traverser la plèvre et le cul-de-sac diaphragmatique, à la base du poumon. La balle a donc dû passer en arrière de la face postérieure de la rate et elle a fini sa trajectoire sur la onzième côte.

» J'ai seulement peur qu'il y ait un hématome à la rate. Ça me tracasse depuis le début.

— C'est grave ?

— Oui. Si l'hématome ne se résorbe pas, il va faire éclater la très mince paroi qui la protège. La rate va éclater, le sang va se répandre doucement à travers l'organisme et il est foutu. En général, ça met à peu près trois jours. On saura donc ça demain.

Je n'avais pas jugé bon de bander Straub au maximum, pour qu'il ne tousse pas. S'il y avait la moindre trace de blessure au poumon, la plèvre allait se déchirer. En principe, il était impossible que la balle du convoyeur ait évité en même temps la rate et les reins. Or, il n'y avait aucune trace de sang dans les urines. La balle avait donc nécessairement touché la rate. Gros vaisseau ou petit ? Gros hématome ou petit ?

Corinne terminait sa cigarette devant un paysage somptueux.

Elle observait, comme un chat. D'ailleurs, il me sembla qu'elle ronronnait.

Les nuages commençaient sereinement à s'installer.

4

Straub se mettait à aller et venir sans problème, appuyé sur sa canne. Il paraissait avoir renoncé au tabac ; pour lui, c'était toujours un bénéfice. Je lui avais refait ses pansements. Plus rien ne coulait. Il avait vraiment une chance inouïe et c'était aussi bien pour moi.

Je passai aux autres travaux du jour après déjeuner. Corinne était incapable de faire un café buvable. Je fis passer le goût atroce au marc de gewürztraminer et m'attaquai à la Michelin. J'espérais que la vieille mine d'uranium (une des premières de France, messieurs-dames) avait conservé ses très intéressantes particularités.

Je mis un moment à retrouver l'endroit sur la carte, mis dans le coffre ce qui convenait. Corinne n'était pas emballée à l'idée de se retrouver cloîtrée une nouvelle fois. Je lui trouvai *Histoire d'O*. Après quoi, je sortis une carte d'identité parfaitement authentique, délivrée par la Préfecture de police de Paris, une carte de V.R.P., un chéquier de chèques postaux au même nom (cent vingt-trois mille six cent onze francs cinquante-deux au dernier relevé), un permis de conduire tout aussi authentique et des tas de bricoles du même genre.

À 3 heures moins 20, j'étais au col des Trois-Sœurs et je ne mis pas dix minutes pour retrouver le chemin de l'ancienne mine. Je ne pouvais pas passer avec l'Alpine, mais cela n'avait aucune importance. Je pris le temps d'aller voir à pied. Ce qui n'avait pu être déménagé vingt-cinq ans avant était rouillé. Il restait même un vieux camion Citroën datant de la guerre. Personne ne venait à cet endroit, parce que le mot « uranium » fait très peur.

Il n'y avait plus qu'à aller au Puy.

Je roulai très sagement, en écoutant les concertos pour mandoline de Vivaldi. Il y avait des gendarmes à Monistrol-d'Allier, juste devant le cimetière, mais ils étaient en train de bavarder avec un type à chapeau auvergnat qui rigolait.

Je garai l'Alpine dans une petite rue fort tranquille, avec comme unique point de vue une vieille qui faisait de la dentelle.

À la gare, je pris un taxi.

— Vous comprenez, dis-je au petit blond avec des lunettes, des favoris et qui baignait dans le cambouis, on va lancer une nouvelle marque de tracteurs dans le secteur...

— Oh, ouais, ouais, une Land Rover, c'est ce qu'il y a de mieux. Mais j' n'ai que celle-là et je ne crois pas qu'il y en ait beaucoup d'autres au Puy.

C'était certainement un affreux mensonge.

— Vous êtes pas du Puy, alors?

— Ben, si, si, je vais m'installer. Il faut que je me trouve quelque chose. Mais je ne veux pas moisir; il faut que je commence mes tournées tout de suite.

— Vous voulez la voir?

— Je veux même l'essayer. Combien de bornes?

— Onze mille et quelques.

On alla essayer. Il me dit le prix; je discutai, on transigea.

— Vous payez comptant?

— Bien sûr. Vous voulez un chèque certifié?

— ... Ben...

Merde alors, j'avais tout combiné pour le payer par chèque comme c'est obligatoire et voilà que ce petit con faisait des mines et voulait du liquide.

— J'aimerais mieux moitié en liquide, moitié en chèque; mais c'est pas la peine de le certifier. Vous la voulez quand?

— Demain.

— Bon, on va faire les papiers. Elle sera immatriculée ici? Ce qu'il y a, c'est comment faire pour l'adresse?

C'était ce que je voulais; qu'il y vienne tout seul.

— Eh oui, merde.

Il tournait autour du pot, comme une mouche

à viande. (Nom usuel de *Calliphora vomitoria*, comme chacun sait.)

— Ben, euh, si vous voulez, le W, on peut donner l'adresse du garage, mais c'est pas bien légal.

— Cinq cents ?

— Eh ben ! vous en avez du fric, vous.

— Dans les grosses boîtes, on fait pas le détail. De toute façon, il y aurait eu un pourboire : je veux une révision impeccable.

— Demain midi, tout sera en ordre. Je vais vous ramener en ville, quand même.

Gentil garçon.

Il tint absolument à me payer un demi.

J'allai acheter les journaux, une tente de camping ultra-moderne et le fourbi allant avec. La fille me reluquait d'un drôle d'air et elle était moche comme un pou.

— Vous allez camper à cette époque ?

— Oh, juste un peu. Ma femme veut essayer.

Elle jeta un coup d'œil à mon annulaire gauche. Il faut toujours porter une alliance, ça inspire confiance.

Je traînai tout ça jusqu'à l'Alpine, chargé comme un baudet. Demain, il y aurait la Land Rover, chargée, prête à partir, dans une mine désaffectée à un petit quart d'heure de voiture de la maison. Je me sentirais beaucoup mieux.

Il se mit à pleuvoir au Monistrol-d'Allier. Les gendarmes étaient toujours là, mais dans leur Estafette, maintenant. Le Walther aussi était toujours là, dans son holster.

L'automne arrivait tôt. Et par ici, l'automne ça veut tout de suite dire l'hiver. Il est vrai qu'on a vu neiger à Aumont-Aubrac fin août. Dans la Margeride, comme c'est plus haut...

— Les gendarmes sont venus, dit Corinne. Ils ont fait le tour de la maison, sont restés un moment et sont repartis.

Merde ; le chef Marchand était décidé à me coller au cul. Je voyais mal pourquoi. Les deux années précédentes, il m'avait foutu la paix. Ils étaient juste venus voir qui j'étais, si j'étais en règle côté « Service National », etc. Des conneries. Évidemment que j'étais en règle. Alors ? Comment pouvait-il mettre en relation le hold-up de Saint-Cloud et mon doux visage ? Inutile de se tracasser davantage : je descendis au pays, respirer l'atmosphère humide et anisée de chez Bernet.

— Dis donc, fit Ghislain Entourneux, métayer de son état, les cognes sont après toi.

— Et pourquoi donc ? dis-je, d'un air étonné.

— J' sais pas. Une histoire de contravention, qu'y disent.

— Bon. Ça ne fera jamais qu'une de plus.

Ça rit, comme d'habitude, y compris le père Merlan qui ressemble tout à fait au poisson dont il porte le nom.

Je restai un moment — juste ce qu'il fallait — et remontai téléphoner à la brigade. J'ai horreur des situations opaques que le chef Marchand, de toute évidence, aimait fabriquer. C'était une contravention ou bien est-ce que c'était du vent pour venir fureter autour?

— J'ai appris chez Bernet qu'on cherchait après moi.

Un gendarme que je ne connaissais pas (au son de la voix, du moins).

— Ah bon? Attendez voir. Ah oui. Oui, oui, c'est vrai. Excès de vitesse le 26 juin 1981 sur l'autoroute du Sud. J' sais pas pourquoi c'est venu chez nous.

Je n'y comprenais plus rien. J'avais passé le mois de juin en Suisse. (Sous un autre nom, il est vrai; et avec une autre voiture, bien entendu.)

Corinne attendait, ne comprenant rien. Ça vint quand même.

Il dit (enfin) :

— Ah non, c'est pas ça. Pardon. Oui. Vous êtes convoqué au Tribunal de Nantes comme témoin dans une affaire, je cite, « Andréas Papewski contre Hélène Picard », c'est ça?

— C'est ça, dis-je. Vous voulez que je passe à la brigade? Je fais des courses là-bas, demain.

— Très bien. Je donnerai communication de vos intentions.

Communication de mes intentions, communication de mes intentions. J'éclatai, cette fois. S'il connaissait mes intentions, celui-là. Non mais, vraiment!

Je remplis à moitié de whisky un verre en cristal de roche ultra-moderne (forme carrée, c'est marrant pour boire, tant qu'on n'a pas osé fréquenter l'angle). Je mis trois glaçons et du Perrier à ras bord.

— J'ai préparé une côte de bœuf à la moelle, dit Corinne. Je pensais que tu choisirais le vin.

A-t-on jamais vu telle tristesse sur un visage?

— Tu aimes le bordeaux?

Elle n'en savait rien.

— Comment tu fais? demanda Corinne (qui aimait le bordeaux, assurément).

— Comment je fais quoi?

Je songeais à Hélène. Deux ans déjà. Braquer une conserverie de sardines. Andréas, aussi, qui conduisait la voiture. À la fin, j'avais pris le parti d'Hélène. Je prends toujours le parti de ceux qui ont tort. Le bordeaux (Puysseguin Saint-Emilion 58) brillait marron dans les verres. C'était superbe.

— Eh?

— Oui?

— Comment tu fais?

— Comment je tue tout le monde? Oh! c'est simple : je tue.

— On va s'en tirer?

— Non. Impossible. Straub plus les flics, plus les Vila, plus moi, égale zéro. Tu vois?

— Tu n'as pas peur?

Je toussai un bon coup et repris du saint-émilion.

— Je n'en sais vraiment rien. Peut-être que ça

s'appelle de la peur. Je devais t'inviter au restau, ce soir.

— Je ne prenais pas ça au sérieux.

Je dis :

— Il faut que tu viennes demain au Puy avec moi.

— C'est pas dangereux?

— Si, très. Mais je n'ai pas du tout le choix. Ça commencera vraiment après-demain.

Les yeux verts me regardaient. Elle allait se faire le coup du *drôle-de-mec* dans huit secondes.

— En attendant, tu fais du café et on s'équipe. On a des choses à faire.

Ses yeux s'éclaircirent. Elle avait un but et de la confiance. Elle avait bien de la chance, d'avoir des choses comme ça.

J'avais décidé de l'emmener avec moi dans cette course nocturne; il y avait une longue balade pour contourner le village. J'avais finalement renoncé à faire sauter le pont : trop compliqué. Après quoi, je me dis que j'allais quand même le faire, puis, je renonçai de nouveau. Nous nous trempâmes les pieds une demi-heure avant de nous trouver devant le central téléphonique. En hiver, quand il y avait cinq mètres de neige sur la route et quand les fils ne cassaient pas, c'était la seule communication avec l'extérieur. Mais les Vila n'attendraient sans doute pas deux mois. Je délourdai ça sans problème. Corinne faisait le guet, les chiens n'aboyaient pas (la pluie, ça ne les incite guère). Je planquai le pain de plastic (pas trop, je ne voulais pas tout foutre en l'air, pour ruiner un peu plus l'État-Providence) et le petit récepteur : portée de l'émetteur : quinze cents mètres à vol d'oiseau : la technologie moderne au service du sabotage. C'est fini, les dingues qui tripotent des aiguilles de réveille-matin et qui finissent un beau jour par se faire sauter en l'air avec la moitié de l'hôtel calme où ils se croyaient tranquilles. Ici, deux fils, un réglage de longueur d'onde et ça pète quand on veut : dans cinq minutes ou dans six mois, les cinq cents grammes du mélange de penthrite, d'hydrocarbure et d'élastomère transformeraient en lumière et en fumée la belle installation des P. & T. Parce que je suis traditionaliste, je préfère le vrai « plastic explosive » d'après la recette anglaise (à l'hexogène, dérivé d'hexaméthylène-tétramine) qui fit les beaux jours de la résistance française, mais enfin on prend ce qu'on a. D'ailleurs, le pouvoir brisant de l'hexogène et de la penthrite (tétranitrate de penta-érythritol), c'est à peu près la même chose.

Je refermai soigneusement la porte.

Restait la question du clocher, beaucoup plus délicate : non pas que je n'aie pas mon idée sur la méthode à employer pour le rendre inaccessible ; plutôt que ça ne me disait pas grand-chose d'opérer en plein milieu du village, même de nuit.

Corinne n'avait pas dit un mot tout au long de notre excursion. Elle avait l'air rêveuse. Comme je n'avais pas envie d'entendre un « oh rien », je me gardai de lui demander ce qu'il y avait.

— De toute façon je n'ai pas le choix, dis-je à Straub. Il faut bien ramener l'Alpine.

— C'est très dangereux pour elle de se balader dans Le Puy comme ça.

— C'est encore plus dangereux si on n'a rien pour s'arracher.

La question rate paraissait réglée et je pensais que Straub serait bientôt d'attaque.

— Il te reste encore deux ou trois jours de tranquillité, lui dis-je. Après ça...

— L'inaction me pèse, dit-il, grandiloquent.

— Eh ben, mon cher ami, ça ne va pas durer.

Corinne se coucha à l'arrière et s'y tint, de la façon la plus inconfortable qui soit, jusqu'à la sortie de Saint-Alban.

Pluie battante et glacée; poids lourds rares. Pas de flics. Pas de contrôle. (Plus rien dans les journaux de la veille, non plus, ni à la radio; rien. Silence de mort. Ou bien les flics pataugeaient complètement ou bien ils avaient une piste sérieuse et attendaient le bon moment pour ramasser tout le monde ensemble en fermant leur gueule. Va savoir.)

Un excès de précautions finit par nuire. Je garai l'Alpine sur la place de la gare et Corinne alla s'installer au buffet.

Sinistres, les gares; celle du Puy, un peu mieux encore. Avec l'humidité et des odeurs bizarres et ambiantes. J'avais tout répété dix fois à Corinne et n'avais vu aucune trace de poulet dans le secteur; mais il est vrai que la pluie change tout (en bien et en mal). J'avais envie de boire du champagne-framboise dans des verres en cristal avec un mannequin de mode, imbécile, moitié call-girl et d'une beauté transparente. Au lieu de quoi, j'allais à pied sous la pluie — ça dégoulinait de mes cheveux dans mon cou —, et j'avais une crise de peur. Dans une encoignure de porte, j'allumai une cigarette, une grosse goutte glacée vint la mouiller et je tirai dessus à fond pour la faire sécher. J'avais la bouche en plâtre; ça ne me fit aucun bien. Je ne prenais pas assez de précautions. J'avais complètement oublié d'aller retirer ma convocation à la brigade.

Hélène. J'allais doucement. Comment est-ce que ça aurait pu marcher? Elle avait bien trop peur de toutes ces vies parallèles, les morts, les flingues, les putes, les types discutant vite avec des airs glacés. Andréas en riait, avec son sourire large et gourmand de très beau mec. Andréas, maintenant, était à Clairvaux pour quinze ans, malgré sa barbe bien peignée, ses costumes en velours vert et son sourire.

Belle maison à l'île d'Yeu, Hélène, face à la mer; la pluie, le vent, le homard flambé au cognac, la cheminée, les yeux intenses, le sourire d'Andréas qui voyait notre manège. En prenant le bateau à Fromentine, deux ans dans quinze jours, c'était la même pluie glacée qu'ici, des odeurs grasses et épaisses. Lucas fumait des petits cigares et déclarait qu'il avait le mal de mer. Lucas avait à son compte deux balles de 7,65 tirées par un petit mec du S.R.P.J. de Nantes. Mort, Lucas, et Andréas à Clairvaux. Je me dis que j'attendrais les touristes du mois de juillet et que j'irais la voir. Je pouvais toujours me dire ça ; ça me remit un peu.

La Land Rover luisait de son gris-vert ; le treuil, à l'avant, brillait de graisse. J'ouvris le capot et pris de quoi dévisser une bougie : elle était neuve. Je jetai un coup d'œil au delco.

Le petit blond à lunettes et à favoris me regardait faire.

— Ça vous va ?

— Extra, dis-je sincèrement.

Il traîna à faire les papiers et je fumai encore deux ou trois cigarettes. Comme convenu, il mit le W à l'adresse du garage. Je lui dis que je repasserais dans une semaine, quand il aurait les papiers.

Ça alla nettement mieux, à partir du moment où j'ouvris le télégramme d'Alfred Vila. Il n'y avait qu'un seul mot : « D'accord ». Le télégramme avait été expédié de Marseille. J'en conclus qu'Alfred accumulait les imprudences (ou bien avait des appuis dans le Milieu, appuis que je ne soupçonnais pas).

Je garai la voiture deux rues avant la gare et me fis de nouveau saucer en retournant chercher Corinne. Je pris un billet de quai, fis semblant d'attendre quelqu'un sur une voie où un train était annoncé et fis ensuite de mon mieux pour avoir l'air d'être avec deux représentants ou un machin comme ça. Je les suivis de nouveau jusque sur la place, en fis le tour tranquillement et pénétrai dans le buffet, avec la main sur la crosse du PPK dans la poche de l'imperméable. Corinne buvait un thé et avait l'air en forme.

Je m'assis, comme convenu, deux tables à côté et commandai un demi. La route était libre. Un express, elle prenait le train pour Paris et allait m'attendre à Saint-Étienne. Elle prit son temps, se leva et je ne bougeai pas tant que l'Alpine n'eut pas tourné à la sortie du parking. Ça me permit de boire mon demi.

Le soleil se couchait à 18 h 26. En même temps, la pluie cessa. Je doublai Corinne cinq ou six kilomètres après la sortie de la ville. À Saint-Privat-d'Allier, je mis mon clignotant et attaquai les petites routes.

Corinne suivait. Le paysage est admirable, mais ça n'a pas beaucoup d'importance. J'eus juste droit à un coucher de soleil suprême en débouchant sur la vallée de l'Allier au Pont-d'Alleyras. C'était en face, rouge et mauve.

Entre le moment où on vous signale l'heure officielle du coucher du soleil et ce qui se passe vraiment, il y a un temps fou. C'est le moment où les Estafette de la gendarmerie font retour au gîte, où les Parisiens rentrent chez eux sans même prendre une boisson qui les soulagerait provisoirement, et où les gangsters un peu savants se mettent au travail. Dans les Estafette, on pense déjà à la soupe à la tomate et à un

Ricard possible sous le prétexte d'une énorme fatigue. L'heure de l'apéritif est toujours l'heure pour opérer. (Je me racontai cela en détail entre Verreyroles et Chambon-le-Château. Je ne croisai en effet aucune voiture bleue et m'en trouvai bien.)

La R 5 Alpine persistait honorablement. Je stoppai au col des Trois-Sœurs.

— Où est-ce qu'on est?

— Là.

Elle frissonna. Il n'y avait plus la mèche noire pour accentuer le regard et c'était aussi bien. La pluie n'avait rien arrangé au chemin. Le terrain devant l'entrée de la mine était toujours aussi plat et toujours le même; toujours les vieilles carcasses. Mais la pluie avait aggravé le caractère déprimant de l'endroit. La Land Rover passa tout cela en rigolant, différentiel bloqué. Mais il fallait ça. Je la reculai dans la galerie d'environ vingt mètres. C'était bien assez en pente pour qu'on ne remarque rien. La pluie allait se charger de bien des choses, encore une fois. Je fermai tout à clef. Dedans, il y avait déjà le matériel de camping. Restait le reste, comme on dit. Sur cette forte constatation, je me mis à songer à dix choses en même temps en retournant vers l'Alpine.

Corinne dit :

— Tu es toujours organisé comme ça?

Elle était très désirable avec son visage à

l'ossature déliée et fine, les yeux (de chien ou de fauve? je n'en savais rien, amère constatation, une de plus), les cheveux blonds, très ras, mouillés.

— On a juste le temps de manger un morceau et on passe à la suite.

— T'as pensé aux flics, pour ton truc?

— Ils poireauteront jusqu'à demain. Sinon, ça leur fera de l'occupation.

— Tu as l'air très en forme, conclut-elle.

Guy Montclin serait à une heure du matin au col de Bor.

Décidément, Erich Straub ne s'était pas fait péter la rate. Il attendait dans le noir, la 44 × 40 à la main, dans la cuisine.

La litanie recommença :

— Les gendarmes sont encore revenus. Ça commence à puer, ton trou.

Que pouvais-je lui dire d'Hélène? Et du chef Marchand? Sauf ceci que le chef Marchand allait payer très dur (et, donc, moi aussi).

— J'ai écouté les informations, dit Straub, très sobre.

— Et alors?

— L'affaire revient un peu sur le terrain. Corinne est recherchée comme témoin, etc.

— Quoi, etc.?

— Ils ont arrêté le postier.

Bon. Ça progressait à petits pas. Puisque les représentants de l'ordre bourgeois (non mais?) communiquaient à la presse des trucs sans intérêt, c'est qu'ils n'avaient rien sous la dent. (Ou alors, le petit postier avait dit tant et plus; ils laissaient des bouts et des bribes pour que ça panique. Je me demandai ce que le petit postier savait. Réponse : rien. Mais *personne* ne maîtrise les détails.)

Je me servis, pour l'occasion, une double ration de bourbon et je dis :

— Tu peux venir avec moi, tout à l'heure?

— Ça devrait aller.

— T'es tiré d'affaire.

Straub fit une chose étonnante : il sourit. Ça me laissa ahuri. Je n'avais jamais vu ça.

Corinne dit :

— Je veux aller avec vous.

On terminait un juliénas 76 absolument parfait.

Je dis :

— Si tu veux.

Je me dis (et répétai pour la n-ième fois) que je devais emporter le *Quatre-vingt-treize* de Victor Hugo pour le placer dans la Land Rover. Corinne alla ouvrir au chat Azimut.

Straub était à quarante mètres avec la 44 × 40. Corinne fumait des Pall Mall à côté de lui. Une heure vingt-cinq. Vingt-cinq minutes de retard : les Vila avaient tué Guy. Le rendez-vous à Tournon était une blague. Ils étaient à cent mètres et observaient la voiture en se demandant à quel moment mon dos serait dans la meilleure position. Des phares apparurent, montant la D 34 depuis Grandrieux. Dans mon dos. Ça me rassura. Guy Montclin arrivait toujours à l'envers du prévu. Je pensai encore à la rate de Straub.

Je m'éloignai de la route, pour laisser à Straub le champ libre et enlevai le cran de sûreté du Walther à la crosse tiède.

Comme convenu, la Mercedes vint se garer à trente mètres de la R 5 et Guy attendit une minute avant de faire ses appels de phares. Trois courts, un long. *En principe*, ça allait. Guy ouvrit la portière de la Mercedes et déclara à voix haute qu'il n'avait pas du tout l'intention de faire du gras dans le coin. Sur le tapis brosse de la Mercedes, il y avait cinq bouteilles de Löwenbrau vides. Le problème de Guy, ça n'était sûrement pas le gras.

Le vent était glacé et la nuit parfaitement opaque.

— Le M 16 est parfait, dit Guy, mais le 49/56 est assez usagé et tire un peu trop à droite; enfin, j'ai pu trouver une culasse neuve.

On embarqua tout ça dans le coffre de la R 5, y compris les munitions et les grenades. Guy me proposa une bière et en siffla une avant même que j'aie fini de décapsuler la mienne. Ça devait être drôle, ces deux types se tapant de la bière à une heure du matin, à 1 500 mètres d'altitude, assis (ou quasi) sur des kilos de flingues divers. Guy ne compta pas son fric, l'installa convenablement dans une jolie mallette en cuir bleu.

— Ah, le petit cadeau.

Un énorme Herstal 11, 43 nickelé. Il me sembla reconnaître le sien, mais je ne fis aucun commentaire. Guy Montclin est d'une nature très sensible et je ne voulais pas le blesser.

— Merci beaucoup, Guy.

— Il y a six chargeurs avec. Les Vila ne sont pas très chargés : ils ont des mitraillettes Uzi, c'est à peu près tout. Par contre, j'ai cru savoir qu'ils avaient récupéré à Marseille une paire de ces fripouilles, à demi macs, à moitié dépositaires de H et qui conduisent des bagnoles américaines.

— Les Vila sont tombés bien bas, dis-je.

— Oui, oui, mais ils seront quatre.

— Au revoir, Guy. À la prochaine.

Il monta dans sa bagnole et avant de fermer sa portière, il dit :

— Tue-les.

— Je n'y manquerai pas. Tu devrais aller une dizaine de jours aux Baléares ; en automne, c'est vraiment délicieux.

— Tu crois ?

Je me protégeai du vent pour allumer une cigarette. La Mercedes disparut très vite et puis Erich Straub et Corinne Detwiller se matérialisèrent.

5

Ce matin, il ne pleuvait plus. Soufflant depuis les hauteurs de la Chaise-Dieu, le vent avait chassé les nuages nocturnes, ce qui est bien, mais maintenant s'en prenait aux personnes et aux biens. Je mis mon manteau de cuir très sophistiqué-bourgeois.

Le gendarme de service (je ne le connaissais pas, celui-là, ce devait être un nouveau) me remit ma convocation. Je signai et repartis comme j'étais venu. J'étais tout content de ne pas avoir rencontré le chef Marchand, mais c'était certainement reporté à une date ultérieure.

À 10 heures, j'étais à Saint-Julien-Chapteuil. Le Walther avait retrouvé sa place habituelle sous mon aisselle gauche et j'écoutais le Choral de Bach BWV 645 *Wacht auf, ruft uns die Stimme* que les impayables manies françaises appellent bêtement *Choral du veilleur*.

Antoine Lénine Hornewalt avait aujourd'hui 78 ans. Il portait des favoris blancs, fumait du tabac gris, cultivait des hortensias et des tomates au bout d'une vie fertile, en tout cas certainement plus fertile que la terre caillouteuse au-dessus de Tournon. Le visage tavelé par l'âge ne laissait pas soupçonner grand-chose. La profession principale d'Antoine Lénine Hornewalt avait été d'être tueur à gages. Il avait fait ses études en cette matière difficile aux États-Unis et avait assez bien réussi, puisqu'il avait tiré sa peau des massacres de la prohibition. Il avait participé à la guerre d'Espagne du côté républicain en tuant des petits moines fanatiques installés dans des clochers, en évitant de se faire couper les couilles par les troupes maures et en incendiant à peu près tout ce qui pouvait être incendié. Il aimait beaucoup raconter cette période où il s'était beaucoup amusé. Après la victoire définitive des franquistes, il était revenu en France comme tout le monde et s'était lancé dans l'escroquerie. En septembre 39, il allait se retrouver à Fresnes, était allé se cacher dans le Morvan comme garçon de ferme avec son Luger P.08, pour éviter en même temps l'armée française, l'armée allemande et la taule.

Dans la Résistance, il avait tué beaucoup de S.S., beaucoup de traîtres et de lâches et avait fini par échouer à Buchenwald, où il s'était beaucoup moins amusé. Mais ça n'avait pas duré longtemps.

À la Libération, il s'était mis à assassiner pour son propre compte quelques officiers de la Milice. D'après lui, ça l'avait pas mal soulagé.

J'entrai dans Tournon à midi pile et m'arrêtai pour acheter trois bouteilles de bordeaux (Saint-Émilion, Château Ausone 1955).

Antoine Lénine portait ce jour-là sa vieille culotte tyrolienne et des chaussettes montantes écossaises. Derrière le plastron de la culotte tyrolienne était installé un Woodsman Target .22 LR.

— Vos amis ne sont pas encore là.

Il se releva de son échiquier et alla fermer la télévision.

— Vous mettez toujours du Perrier dans le bourbon ?

— Toujours.

Aussi acariâtre que peut l'être une vieille maîtresse, parut Rose et son épouvantable accent, parisien et suraigu. Le comble était qu'ils se vouvoyaient.

— Je ne sais pas si vous avez bien fait de tuer le petit Vila, dit-il. Rose, vous irez chercher du Perrier pour notre ami.

— Enlevez votre casquette (son chef était couvert d'une casquette vert et orange de joueur de base-ball).

Les deux Vila roulaient Porsche 924 ce jour-là. (Alfred est un toqué des voitures allemandes.)

Antoine Lénine récupéra mon Walther PPK, le Colt Python d'Alfred et le modeste Beretta de son petit frangin.

— Je ne pense pas qu'il faille faire de présentations, dit Antoine Lénine en enfonçant d'un doigt jaune le tabac gris dans le fourneau déchiqueté de la pipe.

Au milieu de la pièce, il y avait une grande table de ferme et des bancs. Les deux Vila se mirent d'un côté, je m'installai de l'autre. Alfred prit un Ricard et le petit frère du scotch.

J'observai Alfred avec un sourire très léger.

— Qu'est-ce que tu veux? demanda enfin Alfred.

— Je vous propose d'arrêter les frais, dis-je poliment.

— Non, mais, dis, Antoine, il se fout de not' gueule. Y nous fait v'nir ici pour dire ça? Y bute not' frangin, comme ça, en plein milieu d'un braquage et y nous propose d'arrêter les frais?

— Je vous avais dit que je ne voulais pas opérer avec un dingue trouillard, encore moins un dingue trouillard avec une Thompson. Vous n'avez pas pris ça au sérieux. Et tu vieillis, Alfred : tu le sais très bien. Tu t'es fait repérer à Péronne, depuis, sans doute, à Marseille et à Montpellier. T'es même capable d'être venu ici par l'autoroute et je ne suis pas sûr qu'Antoine et moi soyons en sécurité, à cause de vous. Je me demande qui est-ce qui se fout de la gueule de l'autre?

Il y eut un silence. Je bus la moitié de mon bourbon. Antoine Lénine débouchait les bouteilles de château-ausone et je me souvins qu'Alfred Vila détestait le bordeaux, mais je ne l'avais vraiment pas fait exprès.

— Pendant la guerre, je me souviens d'un

truc un peu similaire, dit Antoine Lénine en mirant la première bouteille. À mon avis, ça n'a profité à personne, sauf à la Carlingue[1]. Ils sont tous morts, ce qui est un mauvais bilan.

On lisait sur le visage aux traits prématurément gonflés du petit Vila qu'il s'en tapait, des souvenirs de guerre du vieux trou de balle. Il avait parfaitement tort.

Rose mit le couvert en râlant.

— J' sais pas ce qu'on fout dans la même pièce que cette ordure, dit le petit Vila.

— Tu n'es pas bien malin. Ton frère se demande comment il va exploiter la situation, voyons. Laisse les grands causer.

Il allait se lever, mais la bouteille de bordeaux avait disparu de la main ridée aux doigts immenses d'Antoine Lénine pour laisser place à la gueule pointue du Woodsman Target.

— On va déjeuner tranquillement. Et toi, Alfred, tu vas faire taire ce petit con.

— D'accord, dit Alfred. Ferme un peu ta gueule. De toute façon, tu causes trop.

Le Woodsman disparut aussi mystérieusement qu'il était apparu. La température baissa considérablement. Alfred me considérait en silence. Il avait des poches sous les yeux, le teint terne et le cheveu court et grisonnant. Je commençais à me dire qu'il avait perdu de sa combativité et ensuite je me dis qu'il fallait absolument que j'écarte de ma tête de telles idées.

---

1. La Gestapo, en argot.

Terrain neutre ; pause dramatique. On attaqua la salade de concombre et la terrine de lapin de garenne.

— C'est moi qui l'ai faite, dit Rose.

— Vous savez bien que non et ne dites pas d'inepties devant nos invités.

Drôles d'invités. Des gens recherchés pour cinq ou six meurtres au bas mot. Antoine Lénine Hornewalt avait conservé sa casquette dont la visière touchait presque le verre à chaque coup qu'il buvait.

— Je vous donnerai les trois parts qui vous reviennent, dis-je aimablement. Sinon, il faudra essayer d'abord de me trouver. (Le petit Vila faillit dire quelque chose, regarda son frère et la boucla. Bien dommage.) Et ensuite de me tuer. Ça fait quand même deux grosses difficultés.

— On te trouvera, ne t'inquiète pas.

— Je crois que vous commettez une grosse erreur.

— Je ne me fais pas d'illusions, dit Alfred. Je ne connais pas plus fumier de serpent que toi.

— C'est un beau compliment, dit Antoine Lénine. Le type qui m'avait dit quelque chose de similaire a disparu dans trois cents kilos de chaux vive.

Le petit Vila haussa des épaules noueuses.

— Où est ta voiture ? demanda Alfred d'un ton badin.

J'éclatai de rire.

— Je suis venu par le train, dis-je en séchant mon premier verre de château-ausone. Pour vous rendre la tâche plus aisée. Il faut bien que je fasse un effort pour vous.

Nous passâmes aux rognons de veau flambés de Rose.

— Ils ont arrêté ce petit connard de postier, dit Alfred Vila qui devait trouver que la conversation s'enlisait.

— Oui.

— Il est dangereux ?

— Non. Ils merdent complètement.

— Je le crois aussi, dit Antoine Lénine.

À mon avis, le petit postier, ça n'était pas grave. Mais enfin ça signifiait aussi que les flics continuaient leur petit boulot tranquille. Je ne dis rien.

— Ils n'ont rien voulu savoir, dit Antoine Lénine en se sifflant un cognac.

— Vous savez très bien que vous ne devez pas boire comme ça. Je me demande bien à quoi cela vous sert de faire venir le médecin, si vous n'écoutez rien de ce qu'il vous dit, cria Rose depuis la cuisine.

— Au revoir, dis-je.

Je laissai le Walther dans ma poche de manteau et sortis. Les Vila ne chercheraient pas à me descendre tout de suite, puisqu'ils ne savaient pas où était le fric. Par contre, ils allaient sûrement essayer de me suivre.

Aucune trace de la Porsche nulle part. Je traînai un moment au milieu des rues pavillonnaires désertes. De temps en temps, un regard furtif de femme au foyer derrière une fenêtre. Je fis des tas de détours pour arriver à la voiture, trois rues plus haut.

Je commençai à comprendre dans Tournon, étonné que les Vila ne soient pas à mon cul. Mais Alfred avait décidé de finasser et une fois de plus s'y était mal pris.

La voiture qui m'avait pris en charge était une sorte de monstre genre Pontiac. C'étaient les deux petits macs marseillais signalés par Guy Montclin. (Je remerciai Guy, mais relativement seulement : avec une bagnole pareille, on les repérait aussi facilement qu'une verrue sur un nez.)

Je réfléchis un moment en roulant à 90 sur la N 86, descendant la rive droite du Rhône. Ils laissaient autant que possible une voiture entre eux et moi.

Je passai à la hauteur de Valence ; il y avait un beau soleil et le fleuve brillait joliment. Juste avant la Voulte-sur-Rhône, je mis soigneusement mon clignotant, pour que les deux imbéciles voient bien que je tournais à droite.

Je les habituai à mon allure de grand-père sur les vingt kilomètres assez calmes côté virages jusqu'à Ollières. Je savais exactement où j'allais. À partir de Saint-Sauveur-de-Montagut, la départementale 120 emprunte la vallée de l'Eyrieux ; extrêmement pittoresque et pas un chat. Sitôt sorti de ville, j'écrasai l'accélérateur : l'Alpine bondit, ni plus ni moins. Sur la route humide, ils n'avaient aucune chance avec leur tank dans les virages. Juste avant le pont de Chervil je tournai à droite vers Chalancon ; j'eus le temps de faire demi-tour avant de les voir passer en tanguant. Après quoi, je me mis à les poursuivre, leur collant presque immédiatement au pare-chocs. Le virage intéressant se trouvait juste à la hauteur de Saint-Barthélemy-le-Meil.

Ils l'attrapèrent à plus de cent quarante : je ne leur avais vraiment laissé aucune chance. Le monstre se mit en crabe, accentua son tête-à-queue, occupant toute la route. Je pilai à mort pour contempler.

La voiture (c'était une Pontiac, finalement) partit en marche arrière dans le décor à peu près à cent à l'heure, obéissant remarquablement bien à plusieurs lois physiques très avérées, notamment celle qui décrit ce qu'est un mouvement uniformément ralenti. Les deux tonnes cinq de la Pontiac vinrent se bloquer net contre un arbre. Comme ces gens-là ne s'étaient pas souciés d'avoir des appuis-tête, ça devait les travailler du fibrocartilage entre les quatrième et cinquième vertèbres cervicales à peu près. J'attrapai le Walther après avoir soigneusement rangé la voiture et allai voir. Le ciel se couvrait de nouveau et la Pontiac n'avait pas jugé bon de flamber.

Habituellement, les chocs arrière en plein réservoir... Il était crevé, le réservoir, et ça puait horriblement l'essence. Le passager avait été tué net car son cou faisait un angle absolument inapproprié au bon fonctionnement de certains organes essentiels. Le conducteur avait dû se cramponner au volant et il me regarda d'un œil torve.

Je passai la main sous son trench-coat et ramassai un .38 Centennial.

— Il ne faut pas rouler à des vitesses pareilles. Tu vois, t'as tué ton meilleur pote. Tout ça pour Alfred Vila.

» Sors de là, connard, ajoutai-je.

C'était le genre trop beau mec aux yeux fuyants. C'est ça qui devait l'empêcher de comprendre que ça allait exploser à un moment ou à un autre.

— J'ai mal, dit-il.

Il était plus de 6 heures. Je me demandais ce que j'allais faire de lui.

— Tu diras à Alfred qu'il faut qu'il pense à trouver d'autres méthodes. Et n'oublie pas de te faire faire une radio. Tu as peut-être un traumatisme crânien.

Il était un peu moins nerveux, mais toujours aussi abruti. Je fis le tour de la question en un instant et pris la décision. J'avais le maxillaire inférieur paralysé à force de serrer les mâchoires. Il n'était pas en état de conduire. Je pris le risque de le laisser s'asseoir à côté de moi et quittai l'endroit au moment où une Simca pourrie abordait un virage, six cents mètres derrière moi. Je la voyais très bien.

Il ne disait rien, plus rien. Il avait perdu, voilà tout.

Je pris des petites routes dans la montagne sur la droite et m'arrêtai enfin au milieu des sapins, dans un paysage suprême de désolation.

— Tu sors, dis-je dans le silence.

— Tu vas me descendre ?

Je fis le tour de la voiture et le tirai par le col de son trop beau costard.

— Le nom de ta nénette ?

— Irène Joubert.

— Prénom ? Le vrai ?

— Si, si, Irène.

— Où est-ce qu'elle fait le tapin ?

— Rue Thubaneau.

C'était vraiment minable. C'était beau, comme paysage, ici. Glacé et beau. Il est très difficile de tuer quelqu'un froidement ; même un petit maquereau.

— Oh ! regarde, dis-je en indiquant du doigt un lieu vide du ciel.

Il regarda. Je tirai très vite. La balle de 7,65 le prit à la racine du cou et fit exploser deux ou trois vertèbres cervicales en ressortant. Le coup du lapin, une nouvelle fois, en somme. C'était notre soirée « vertèbres ». Nous vous remercions de votre attention.

J'étais encore plus glacé et dur en arrivant au Cheylard que je traversai sous une pluie fine. À la sortie du bourg, je mis en code. J'avais très envie d'être au chaud : je grelottais.

Les flics mettraient un moment à comprendre pourquoi le conducteur de la Pontiac avait disparu. Ils comprendraient sûrement un peu plus quand ils sauraient qui était le propriétaire. Je jetai le Centennial par la portière en regrettant.

Il était 9 heures du soir. Je fixais sans les voir les premières lignes du *Quatre-vingt-treize* de Victor Hugo, chapitre IV. Straub remontait le 49/56. J'allai me servir un bourbon-Perrier. Corinne était en blue-jean et seins nus sous un pull noir.

— À mon avis, il reste au plus quarante-huit heures, dis-je.

Straub fit « oui » de la tête et monta se coucher avec son flingue. Corinne et moi restions assis devant le feu.

— Et l'autre ? demanda-t-elle au bout d'un moment.

— Quoi, l'autre ?

— Tu as évité de parler de cela, dit-elle, d'un ton obstiné. (Elle regardait, le dos mince et courbé, les épaules très larges, le bout de sa cigarette.) Qu'est-ce que tu en as fait ?

— Je l'ai tué, bien sûr.

Son buste fit un drôle de mouvement ; ses poumons se vidaient. Il y eut un temps de silence très épais. Je terminai mon bourbon-Perrier. Elle devait attendre un mot de ma part ; nos relations ne s'amélioraient pas.

Elle dit :

— Tu es effrayant. Effrayant.

J'allai me servir un nouveau verre.

Corinne avait une peau très mate et sombre,

une taille extrêmement mince et des épaules larges. Les seins, avec leurs pointes brunes, un peu lourds.

— Je crois que tu aimes ça, dis-je.

J'étais derrière elle, toujours pliée sur le feu. Le mégot quitta ses doigts et atterrit au milieu du foyer. Elle ne se retourna pas et dit :

— Oui. J'aime ça. Mais je ne sais pas jusqu'à quel point.

— Personne ne sait quoi que ce soit au sujet de « jusqu'à quel point ».

Je m'aperçus que je la désirais extraordinairement. Je me levai et vins me planter devant elle et elle se mit à caresser mon sexe en disant « non, non, non ». Ça avait l'air bien plus compliqué dans sa tête, ce soir.

Je la tirai par la main et elle vint sans résistance, mais je vis une drôle de lueur dans son œil (ou bien c'était un reflet de la lumière).

— Tu as absolument le droit de profiter de mon corps.

Elle était littéralement glacée et molle, une marque blanche autour des lèvres.

— Ça fait quoi, de tuer quelqu'un ?

— Je ne sais pas. Mais souvent, peu après, ça donne envie de faire l'amour.

Elle se laissa déshabiller, m'aidant, même. Elle claquait des dents, mais elle n'était nullement glacée partout, loin de là.

Maintenant, j'avais l'odeur de son sexe sur mes doigts. Cet index savait en même temps caresser des sexes de femmes et appuyer sur des détentes de Walther PPK. Il était 2 heures du matin. Sous la lumière douce le corps de Corinne vivait une vie organique. S'introduisait en moi une certaine peur de ce corps d'une dureté étonnante.

— Corinne.

— Oui?

— Qu'est-ce que tu fous ici?

— J'attends tes ordres.

J'allumai une Pall Mall qui me fit grand bien. Le M 16 était à quinze centimètres de ma main gauche, couché sur la moquette, comme une espèce de bête. Je me levai d'un bond.

— Où vas-tu?

— Charger la Land Rover. Je pense que les Vila ont piégé ma voiture.

— Comment?

— Je ne sais pas. Il ne faut pas sous-estimer Alfred. On peut coller quelque part dans une voiture un signal radio. Ça permet de suivre de très loin. Et de *trouver*.

— Tu crois?

— Les deux petits cons en Pontiac étaient des leurres. Alfred a très bien manœuvré.

Je vis qu'elle n'y comprenait plus rien. En d'autres temps, je l'aurais envoyée se faire voir. Mais j'avais besoin d'elle. (Quelles étaient ses relations avec Jérémie Detwiller? De patience? D'emmerdement? Quoi?)

— Alfred m'a fait suivre par deux pauvres mecs, en sachant très bien ce que j'allais en faire. Il m'a raconté des salades pour que j'oublie qu'il avait obligatoirement repéré ma voiture. Et maintenant, Alfred Vila *sait* où je suis. Ou il le saura dans la journée de demain. Donc, ils seront là la nuit prochaine au plus tôt.

Qu'est-ce qu'elle pouvait penser? Elle était déjà sur son blue-jean. Elle se tourna vers moi, les yeux verts.

— Je sais ce que peut Alfred, dit-elle. Je voudrais que tu le tues. J'avais une copine, à Valence... Alfred et son frère sont venus. Ils ont... euh...

— Je me doute de ce qu'ils ont fait. Ils ont branché un Babyliss et lui ont demandé si elle préférait par-devant ou par-derrière. Je pense que c'est le petit Joël qui officiait. On y va?

Nous pataugeâmes. Dans les conserves, les duvets et ensuite la boue de la mine, à pied, en y voyant peu. Corinne ne disait rien.

Je ne quittai pas le M 16. À notre second et dernier voyage, j'emmenai les plaques anglaises et les fixai sur la Land Rover.

— On va être anglais? demanda Corinne qui m'éclairait discrètement.

L'odeur de son corps semblait exaltée par l'humidité de cette espèce de caverne.

— Oui. Les Anglais sont des originaux rouquins qui font du camping sauvage dans des Land Rover en plein hiver. Le premier gendarme venu sait cela.

— Et les papiers?

— Ne t'inquiète pas, tu seras parfaitement britannique.

— Mais je ne sais pas un mot d'anglais, moi.

— Eh bien, tu seras un professeur anglais de français. Descends un peu la lampe.

À cinq heures et demie Corinne faisait du thé. Le chat Azimut dormait sur mes genoux, entre mon ventre et le M 16. M. Straub descendit, l'œil vaseux, le 49/56 balayant la pièce. Il eut l'air content de nous voir.

— Je me demandais où vous étiez, dit-il l'air suspicieux. Qu'est-ce qui vous a pris ?

— La nuit porte conseil, mon cher ami.

— Et alors ?

Il s'assit, regarda le paquet de cigarettes, mais renonça. S'il faut tirer dans les gens, pour les faire s'arrêter de fumer...

— Je crois que j'ai failli me faire avoir par les Vila.

Les yeux de Straub rétrécirent. Je lui racontai comment Vila avait envoyé deux petits macs à l'abattoir pendant qu'il piégeait ma voiture.

— Si c'est vrai, ils ne doivent pas être loin. Ces machins-là ont une faible portée, surtout en montagne. Si ça se trouve, ils ont pu suivre tous tes faits et gestes.

Je sortis de ma poche le petit carré de bakélite noire avec son support aimanté que j'avais trouvé dans le passage de roue arrière gauche de l'Alpine.

— Qu'est-ce que tu attends pour le foutre dans le feu ?

Je regardai Straub et dis :

— Je vais les tuer tous les deux, Erich. Je crois te l'avoir déjà dit. C'est inévitable. Ils seront là la nuit prochaine, et sûrement avec du renfort; et peut-être pas nécessairement des petits minables. Mais il faut bien qu'ils me trouvent. Je pense qu'ils croient que je suis seul. Pour l'instant, ils font presque exactement ce que je veux qu'ils fassent.

— Dieu fasse que oui.

— Dieu n'a manifestement rien à voir dans cette affaire.

Straub haussa les épaules, ce qui le fit grimacer.

Le jour se levait à peine quand nous nous recouchâmes. Straub, dans la cuisine, en bas, veillait dans le silence complet. À partir de maintenant, il fallait établir des tours de garde.

Corinne se dévêtit de façon provocante et vint s'allonger sur moi.

Je m'éveillai à midi. Corinne dormait. Straub, en bas, mangeait des tartines de rillettes d'oie et se forçait la tête sur *Chevaux échappés* de Mishima. Il en était au moment où Isao déchargeait son cœur au lieutenant Hori et se méfiait de l'Armée Impériale.

— Toi aussi, tu veux faire renaître l'esprit samouraï, dit Erich Straub.

— Je crains de n'obéir qu'à des mobiles beaucoup plus bas.

— Alors, pourquoi tuer les Vila?

— Essayer, dis-je doucement, essayer, sans plus.

— Oh! et puis merde!

— C'est ça, Straub, exactement ça. Exactement mon état d'esprit.

Je n'étais pas sûr que mon état d'esprit passionnât Erich Straub.

— En tout cas, j'aimerais autant qu'ils viennent vite.

Je ne lui dis rien non plus des vertus nécessaires au gangstérisme, et notoirement de la patience. Il s'en tapait visiblement le cul par terre. Je me mis aussi aux rillettes d'oie et allai chercher deux bouteilles de puligny-montrachet, la dernière boîte de confit de canard, la dernière boîte de cassoulet (c'était toujours ça qui ne serait pas perdu) et trois bouteilles de cahors.

— C'est du sérieux, dit Straub, très intéressé.

— Je n'ai pas la moindre idée de la prochaine fois qu'on bouffera et qu'on dormira. Ça devra nous caler un moment.

C'était certainement le dernier repas que je prenais dans cette maison; peut-être aussi mon dernier repas tout court. Je devenais sentimental.

Straub déboucha les bouteilles, mit le couvert et je lui dis de prendre le service Baccarat, la nappe brodée et d'installer ça de façon convenable.

Le M 16 posé à côté du Gien avait un petit côté amusant. Corinne descendit au moment où je préparais la salade de crabe et nous observa d'un œil mi-amusé, mi-hébété par le sommeil.

— Vous faites la noce ?

— Non, dit Straub, c'est le repas du samouraï avant le combat sacré.

— Je croyais que ces gens-là mangeaient du riz et non pas du cassoulet au confit d'oie.

C'était curieux, cette atmosphère soudainement à la gaieté. Apaisant, un peu.

— Vous croyez que vous aurez assez à boire ? demanda-t-elle en inspectant la lignée de litrons.

— Juste du citron et de l'huile d'olive vierge, recommanda Straub au sujet de la salade de crabe.

— Je vais ajouter une pointe de poivre de Cayenne, indiquai-je.

Un sympathique repas entre amis capitalistes certes, mais finalement innocents. Straub goûta le puligny-montrachet 1952 et chercha un mot dans le stock restreint de son vocabulaire. Finalement il trouva « il faut aller au combat d'un cœur paisible », ce qui n'avait pas un rapport certain avec le puligny-montrachet, mais figurait à la page 120 de *Chevaux échappés*.

Le maréchal des logis-chef Marchand fit son entrée à cet instant exact.

6

Il vit d'abord Corinne. Ensuite, le M 16; ensuite Straub, le 49/56 en main. Il resta figé sur le pas de la porte, la main à cinq centimètres de son étui réglementaire. Il y eut un silence cristallin.

— Vous êtes venu tout seul, chef?

Il ne répondit pas.

Je m'adressai à Straub.

— Va voir si l'Estafette est dehors, si le petit brigadier est au volant. Si c'est le cas, tue-le.

— C'est bon, dit le chef Marchand. Je suis venu tout seul.

— Vous n'êtes pas en service?

— Non.

— Éteins le four, dis-je à Corinne. Le cassoulet va brûler. Vous avez déjeuné, chef?

— Vous croyez que vous allez vous en sortir?

— Bien entendu. Mais j'avoue que vous êtes un embarras. J'attends quelques invités un peu bruyants la nuit prochaine et vous voilà en convive supplémentaire. Enlevez votre baudrier.

On n'a pas besoin de ça quand on n'est pas en service.

Je fis signe à Straub d'aller fermer la porte. Il faisait un froid de canard.

Je fis décamper Azimut du fauteuil vert, fis asseoir le chef Marchand et le menottai au lourd chêne Louis XIII. Avec ses propres menottes, bien évidemment. Je n'ai pas ça chez moi.

Les yeux gris nous observaient avec intérêt.

— Mets une assiette supplémentaire ; il y a bien assez de cassoulet pour tout le monde. Donnez-moi les clés de votre voiture.

— Dans ma poche de pantalon.

Il savait fort bien qu'il ne pouvait rien faire, mais j'appuyai le canon du Walther PPK contre sa gorge avant de fouiller dans sa poche. Et je sortis garer sa 104 à côté de l'Alpine, dans la grange. Quand même plus discret.

Quand je revins, le chef Marchand fixait amoureusement le téléphone et Corinne servait la salade de crabe.

— Vous déjeunez avec nous ?

— Vous êtes complètement fou.

— Pourquoi ? Vous craignez que je ne cuisine pas convenablement le cassoulet ?

Ça ne le fit pas rire.

— Vous savez, chef, personne ne sait quand nous aurons de nouveau l'occasion de nous mettre à table. Il faut toujours profiter d'une bonne circonstance.

Je m'installai devant mon crabe. Straub et Corinne en firent autant.

— Tu ne crains pas que ton gendarme ait prévenu qu'il venait ici ?

— Je souhaite que non. Tu connais aussi bien que moi l'effet dévastateur des grenades antipersonnel. Ça ferait beaucoup de morts pour rien.

— Je n'ai prévenu personne, dit le chef Marchand. Je vous trouvais juste bizarre. Et maintenant, je crois que vous êtes mêlé au hold-up de Saint-Cloud, parce que, toute blonde qu'elle soit devenue, c'est la femme de Detwiller. Je ne pensais vraiment pas la trouver ici.

— Fallait bien que je sois quelque part, rétorqua Corinne, ce qui fit rire Straub. (Il mangeait son crabe d'une main, l'autre main sur la détente du 49/56 pointé sur la poitrine du chef Marchand.)

Il dit sur le ton de la conversation :

— Ce sont des perforantes.

Le chef Marchand fit signe qu'il avait compris. Son regard n'était pas haineux. C'était le regard transparent du *marshall* dans un western. Il se prenait pour Wyatt Earp à OK Corral, ou un truc comme ça. C'étaient ses salades à lui, au petit maréchal des logis-chef d'une brigade paumée de la Margeride. Ça n'était pas plus bête qu'autre chose.

Seulement voilà : on n'était pas à OK Corral : le *marshall* Marchand était pris entre deux bandes de méchants, ce qui est une mauvaise position. Je pensais avoir fait tout mon possible pour que ça n'arrive pas, mais on finit toujours par tomber sur un type trop soupçonneux. En outre — et c'était beaucoup plus grave pour lui — c'était la première fois qu'un flic pouvait m'identifier.

La première fois en quatre ans. Ça devait arriver. En principe, je n'avais plus qu'à tuer le maréchal des logis-chef Marchand.

Il attendait, observant Straub, Corinne et moi tour à tour.

Il dit :

— C'est vous qui avez descendu le petit Vila pendant le hold-up. Et celui qui tient ce fusil de guerre, c'est celui qui a été blessé, n'est-ce pas ?

— Prenez donc un peu de cassoulet, dit Corinne, très mondaine. Les émotions, ça creuse.

Dans sa tête, il était en train de se demander s'il avait le droit de manger quelque chose offert par un tueur notoire. C'était une question de principe, certainement. L'odeur du cassoulet vainquit les principes, ce qui me rassura un peu sur la nature humaine.

Lui aussi devait manger d'une main. L'autre était attachée à ce fauteuil Louis XIII.

— Écoutez, chef, dis-je en même temps que je prenais la décision de faire une déclaration politique importante. Les choses se présentent de la façon suivante : dans le courant de la nuit, sans doute vers 4 heures, viendront ici les deux gangsters les plus dangereux et certainement les plus sadiques de tout le pays. Ils veulent me tuer pour venger leur frère et récupérer une belle quantité de fric. En outre, ils ont dragué tout

Marseille et tout Montpellier, sans doute aussi Grenoble et Valence. Ils auront bien trouvé trois ou quatre crétins pour les suivre et qu'ils liquideront ensuite, s'il en reste. Vous comprenez ?

— Et qu'est-ce que vous allez faire ?

— Je vais les tuer, si je peux.

— C'est du roman.

— Vous êtes au milieu du roman, chef. Et vous êtes gênant pour tout le monde. En ne vous descendant pas tout de suite, je fais en somme une faute professionnelle.

— Vous êtes complètement fou.

Je me versai un nouveau verre de cahors.

— La folie est une notion tout à fait relative. C'est une erreur très répandue de croire le contraire. Moi, je pense qu'il faut être complètement fou pour être flic et plus encore, quand on l'est, pour se risquer à vouloir faire sa petite enquête personnelle. Ça amène à se retrouver dans des situations extrêmement dangereuses.

— Je peux le tuer, si tu veux, dit aimablement Straub, qui n'en était pas à ça près.

— Pour l'instant, on ne fait rien. On attend les Vila et on fait des prières pour que la nuit soit claire. Cette nuit, la lune se lève à 23 heures. Elle sera au-dessus des sapins à gauche vers 2 heures du matin. S'il n'y a pas de nuages, on devrait pouvoir lire le journal dehors, souris-je.

— Ce ne serait pas une saine occupation, dit Straub. Ne bougez surtout pas, chef.

— Je voulais une cigarette.

— Très bien, mais désormais mieux vaut prévenir, car on ne pourrait pas guérir.

— Je vais faire la sieste, dit Corinne.

Straub, au moyen d'une chaîne et d'un cadenas, avait attaché le chef Marchand à un radiateur d'une chambre vide. Il était installé de la façon la plus confortable qui soit dans un fauteuil voltaire avec des cigarettes, de la lecture et du marc de Gewürztraminer. (Là encore, la bouteille touchait à sa fin, ça devait être un signe.) Straub était assis à l'autre bout de la pièce et ils s'observaient tous les deux sans mot dire. En tout cas, c'est comme ça que je les trouvai vers 18 heures.

— Va dormir, dis-je à Straub. On est tranquille jusque vers 11 heures.

— Il y a quelqu'un dans le clocher, dit Corinne qui se précipitait. On n'y voit plus grand-chose, mais...

Je filai dans le salon de lecture — poste d'observation — et observai avec les jumelles.

— Je le connais, dis-je à Corinne qui s'était mise à trembler parce que le danger se matérialisait : les Vila n'étaient plus pour elle une abstraction.

— Tu prends la Winchester et tu vas surveiller notre ami. Tu ne t'en approches surtout pas ; s'il fait le con, tu tires dans les jambes. Tu demandes à Straub de monter.

Il ne mit pas dix secondes.

— Tu crois que tu peux le descendre ?

— Ça va alerter le village.

— On est trop loin pour que la détonation soit entendue.

— Oui, mais si le corps passe par-dessus bord ?

— Arrange-toi pour que non.

Je songeais que l'autre imbécile, dans son clocher, croyait pouvoir nous observer impunément, alors que son sort était en train de se régler.

— Avec une balle normale, il passerait par-dessus le parapet. Mais avec une perforante, il y a des chances qu'il reste sur place.

C'est toujours amusant de faire le coup du voyeur-vu...

Straub se plaça. J'entendis le bruit de verrouillage du semi-automatique.

Dans les jumelles, Conrad Freund s'agitait soudain. Straub appuya sur la détente. Je ne le vis pas, mais je le sentais nettement. Le fracas du 49/56 remplit la pièce. Quatre cents mètres plus loin à vol d'oiseau, Conrad Freund s'arrêta net de gesticuler. Son corps alla frapper le parapet, parut hésiter à passer par-dessus, ce qui aurait été extrêmement défavorable, et puis s'effondra sur place. La balle perforante de 7,5 × 54 (trois mille huit cent cinquante joules à la bouche du fusil) survola ensuite le village et alla terminer sa course à peu près deux kilomètres plus loin.

— Je n'aurais jamais cru qu'on pouvait obtenir ça avec un 49/56, dis-je.

— À l'armée, pour ce genre de choses, ils ont un fusil spécial, le F1 à lunette. Mais j'ai toujours mieux réussi avec le bon vieux MAS.

— Moi, j'étais persuadé qu'au-delà de deux cents mètres...

— Secret professionnel, dit Straub, manifestement ravi du bon tour qu'il venait de jouer.

J'en conclus que le gangster moyen devait être un enfant aimant faire des niches.

— Le tout, dit Straub en redescendant, est de tenir compte du vent. Ce sont des balles très lourdes et à quatre cents mètres...

— Ah oui? Et comment tiens-tu compte du vent?

— En regardant la cime des arbres.

Les techniciens, c'est ainsi. Sitôt qu'on les branche sur leur truc, on n'en sort plus. Ils commencent à vous dire que c'est un secret et, ensuite, ils n'ont de cesse de vous mettre au parfum.

— Je le connaissais, dis-je pour couper court.

— Non?

— Si. Un Alsacien comme toi, Conrad Freund. Trente-deux ans. Il était porte-flingue d'un Corse que je connais bien à Grenoble. Un tenancier de bordel de luxe; également chantage à la protection. Du beau monde, quoi. Alfred a dû rameuter une belle équipe de tueurs.

— Combien sont-ils, à ton avis?

— Aucune idée, peut-être cinq ou six. En tout cas, ça en fait un de moins.

Corinne était restée debout.

— Vous l'avez eu?

— Oui. Mais j'ai un petit coup de fil à donner.

— Je vais avec toi, dit Corinne, qui n'avait visiblement pas envie de me lâcher d'une semelle.

J'appelai un numéro à Grenoble. On décrocha à la première sonnerie.

— Bonjour, Claudine, dis-je. Va me chercher ton imbécile de patron et ne me raconte surtout pas qu'il n'est pas là.

— Ah oui. Je vois qui vous êtes.

— Eh ben tant mieux.

Pascal Genovesi. Renié par tous les Corses du monde depuis dix ans, pour une bonne douzaine de trahisons, indic stipendié de la place Beauvau.

— Alors, Pascal, tu te fais toujours sucer par des petites kabyles de onze ans que tu achètes à leurs parents immigrés clandestins?

— Nom de Dieu, mais qu'est-ce qui te prend?

— Rien, je voulais seulement t'apprendre la mort d'un de tes amis en haut d'un clocher. Inhabituel, n'est-ce pas? Tu dois renoncer aux bons services de M. Freund. Il est décédé vers 18 heures.

Il y eut un silence au bout du fil.

— Tu as commis une erreur, Pascal, en donnant des troupes aux frères Vila. Il ne te reste plus qu'à espérer qu'ils vont me flinguer.

— Mais, nom de Dieu, écoute, nom de Dieu!

— Je ne fais que ça, mon gros.

— Écoute, je n'ai rien pu refuser aux Vila et je savais pas où te joindre.

— Arrête tes salades. Tu as toujours pu refuser ce que tu voulais à qui tu voulais. Tes magouilles de douane et tes combines avec la DST te permettent n'importe quoi. Je suppose que les Vila t'ont promis vingt pour cent. Et comme tu es à la fois con et gourmand, tu as marché dans cette combine. Combien sont-ils, Pascal?

— ...

— Dépêche-toi. Tu y gagneras au moins que je te tue sans te faire souffrir. Il paraît que la douleur est plus ample chez les gros que chez les maigres. Tu crois que c'est vrai?

— Ils sont six, plus les deux Vila. Et j'espère qu'ils vont te couper en morceaux.

— C'est sûrement leur projet. Passe une bonne soirée.

Je raccrochai.

— Huit moins un égale sept, dis-je.

— Ils sont tant que ça? dit Corinne avec ce genre de voix qu'on dit blanche.

— Oui. Ils sont tant que ça.

Après, il n'y avait plus grand-chose à se dire. Je voyais que la peur rôdait dans sa tête et dans son ventre et dans ses jambes.

Je mis dans les poches de ma veste de cuir les trois passeports restants. Les deux premiers étaient d'authentiques passeports anglais. La fille qui était représentée sur la photo pouvait ressembler à peu près à n'importe qui.

Mais si on voulait passer une frontière officiellement, il faudrait la changer. Le meilleur spécialiste pour réaliser ça habitait à Carcassonne. Et, cette nuit, s'il y avait des survivants, ils pourraient tout aussi bien aller à Carcassonne qu'ailleurs. Idem pour le passeport belge que je réservais à Straub. C'étaient mes derniers jeux de papiers. Après, il y avait une autre solution, mais j'espérais pouvoir m'en servir le plus tard possible. En outre, cela impliquerait de passer la frontière suisse, ce qui n'est pas toujours très facile, sauf peut-être à Bâle, mais surtout en venant d'Allemagne.

Après quoi, j'entassai un minimum dans une valise en évitant de penser à tout ce que je laissais.

La fine équipe ne pouvait venir qu'au couvert des arbres ou par le chemin. Ils viendraient sûrement au couvert. Dans un premier temps, Straub serait dans le salon de lecture. Il pourrait coincer le 49/56 dans l'embrasure de la fenêtre et tirer une des deux grenades antipersonnel, s'il les laissait s'avancer suffisamment en terrain découvert et alors je... Et puis merde, ça faisait vingt fois que je répétais le scénario.

J'avais laissé la lumière allumée dans la grande pièce du bas. Il était inévitable qu'ils soient attirés comme des papillons. Même en sachant parfaitement que c'était un leurre, *ils iraient* vers cette lumière.

J'étais allongé dans le noir et j'entendais la respiration de Corinne en fumant des cigarettes. Le chat Azimut ronronnait, couché sur mon ventre. À 3 h 34, le chat Azimut cessa de ronronner, alla à la fenêtre de sa démarche paresseuse et fit un petit miaulement. Je sus qu'ils étaient là.

— Ils sont arrivés, fis-je à Corinne sans faire un mouvement. Va dire à Straub.

Je me levai, me réchauffai les mains, passai ma veste de cuir et attrapai le M 16. Les dix chargeurs en gonflaient abominablement les poches. J'avais le Walther en holster et le 11,43 cadeau de Guy Montclin passé dans la ceinture.

J'allai à la fenêtre. Je ne vis rien mais poussai un soupir de soulagement. La lune confirmait son rendez-vous, droite dans le ciel. Un silence extraordinaire.

J'arrivai dans la grange-bûcher, escaladai, me couchai dans un mélange de trucs divers. Mais, de là, j'arrosais en même temps la route et la lisière de la forêt.

Le premier à sortir du couvert se manifesta à 3 h 42. J'armai le M 16 et sortis un chargeur neuf de rechange de ma poche que je posai délicatement sur l'encadrement de la petite fenêtre. Pour le moment, je ne risquais qu'un œil. Une grenade antipersonnel est efficace dans un rayon de deux cent cinquante mètres : je n'avais aucune envie de me faire tuer par Straub. En apparut un deuxième, un peu plus à gauche. Qu'est-ce qu'ils croyaient, que je faisais une réussite au coin du feu ? Ou alors, les Vila, une nouvelle fois, les envoyaient au casse-pipe pendant qu'ils mijotaient un coup pourri.

À moi de deviner les idées tordues d'Alfred. Je penchais pour la grenade incendiaire au moment où le troisième sortait. Il trimbalait un truc qui devait être un Kalachnikov. Ils avançaient vers la lumière, silhouettes de mort sous la lune blanche. Ça n'en faisait toujours que trois. Où étaient les quatre autres ? Ils étaient très dispersés. Hors de question, avec une arme de poing. Avec des grenades antipersonnel, c'était très différent. Je priai Dieu et Straub de ne pas attendre plus de, disons, une minute encore. Je situai le quatrième tout à fait à gauche, presque déjà contre la maison. Un angle mort pour Straub. Il me parut que c'était le petit Vila. Quelquefois, on enregistre simplement une démarche et dans la nuit, soudain, elle vous revient. C'était le petit Vila et ce qu'il portait à l'épaule était une mitraillette Uzi. La première grenade explosa au milieu avec un bruit de raclement monstrueux, détruisant toute vie à deux cent cinquante mètres à la ronde. Ça cogna contre le mur du bûcher où j'étais installé. Le M 16 se cala contre mon épaule et le chargeur, débitant sa mort, me secoua jusqu'à la moelle. Le problème du recul avec ce genre d'armes n'est pas encore résolu. Je tirai assez bas, sur la lisière. Le petit Vila n'eut pas le temps de comprendre ce qui se passait.

Peut-être ne reçut-il que la dernière balle de mon chargeur. Il était à trente mètres. Il est impossible de mesurer les effets d'onde dans l'air et de cavitation dans les liquides ou les semi-solides que produit une balle Remington .223. Le corps du petit Vila explosa littéralement sous l'impact. Ça me fit un bien extraordinaire. Il était temps que je quitte cet endroit et aille m'installer là où j'avais prévu. Je sortis l'émetteur de ma poche, appuyai. L'explosion du central téléphonique vint continuer, sur un mode plus grave et plus sourd, la jolie chanson qui était en train de se chanter. Ils n'étaient plus que trois.

Il y eut une nouvelle explosion, un nouveau raclement. Une deuxième grenade antipersonnel vint ravager le sous-bois. Straub travaillait admirablement. Les autres n'avaient pas encore tiré un coup de feu. Ça n'allait sûrement pas durer.

Il y eut un moment de silence. Dans le village, on devait s'émouvoir. Alfred tira la première grenade incendiaire directement sur la lumière dans la cuisine. Je vis la flamme de départ en songeant à ma table en merisier. Je me couchai par terre et vidai dans sa direction un demi-chargeur.

Silence de nouveau, mais le phosphore liquéfiait tout dans la maison. Alfred avait bien réussi son coup et mon piège se retournait contre moi, puisque maintenant j'étais coupé des autres. La deuxième grenade incendiaire d'Alfred incendia le petit salon de lecture que, je l'espérais, Straub avait quitté depuis longtemps. Y compris la console XVIIIe et l'édition originale du *Contrat social* de Rousseau. (J'avais oublié de le prendre, mais je n'avais rien envie de prendre de tout ça ; peut-être même que les grenades d'Alfred Vila me faisaient du bien.)

Est-ce qu'ils avaient beaucoup d'incendiaires ?

Je contournai la grange, atteignis la route. Ils ne s'étaient pas donné beaucoup de mal pour planquer leurs deux bagnoles.

D'où j'étais, je voyais la fine gâchette prêtée par Pascal Genovesi fumer une cigarette, insensible au déchaînement. Il fut sensible à la balle de Remington .223. Le même phénomène se reproduisit : il explosa sous les deux impacts.

Je mis un nouveau chargeur et tirai dans leurs bagnoles. La belle Porsche 924 d'Alfred fut secouée par les impacts et la CX flambant neuve s'affaissa.

Maintenant, il fallait nettoyer le bois.

Il ne restait plus qu'Alfred et un autre type. Les gens du village n'allaient pas tarder à arriver avec leurs fusils de chasse. À gauche, *ma* maison brûlait gaiement. Je me demandais comment Straub et Corinne s'en sortaient.

Je m'enfonçai dans le bois. Je ne vis personne, ne rencontrai personne.

La partie nord de la maison ne se décidait pas à brûler et le feu allumé par les grenades d'Alfred s'éteignait. Après la rage, de nouveau le silence.

Hormis le craquement de l'incendie. Une partie de la charpente s'effondra.

Il me restait à longer la lisière militaire du bois (dix mètres en deçà, s.v.p.). Il me semblait qu'ainsi je devais pouvoir prendre le type restant et Alfred dans le dos. Le seul vrai danger était maintenant Straub qui devait avoir l'intention de tirer sur tout ce qui bougeait. Je fis cinquante mètres sans qu'il se passe rien. La lueur de l'incendie illuminait tout et on avait inévitablement les yeux portés vers lui. En conséquence, je m'arrêtai et observai la maison.

Et ceux qui observaient la maison. Il n'y avait certainement plus beaucoup de temps avant que les flics ne se ramènent. Juste le temps qu'un type du village prenne sa voiture, puisque j'avais renoncé à faire sauter le pont. Je me le reprochais terriblement, maintenant. On hésite toujours trop devant les grands remèdes ; on ne croit pas vraiment que ça se passera comme ça. Et puis, quand ça se met à « se-passer-comme-ça », on a l'air d'un con ou d'un mort.

Pour commencer, je vis trop tard une silhouette qui s'échappait du bois et disparaissait derrière l'angle de la maison, parfaitement protégée de tout tir.

Il y eut le bruit rageur de l'Uzi, à peine un staccato, plutôt une sorte de cri continu et je compris qu'Alfred Vila venait d'ouvrir à sa façon la fenêtre de la salle de douche du rez-de-chaussée. Il ne lui restait plus qu'à monter.

Où était le petit dernier? Il se mit à bouger presque sous mon nez une demi-minute plus tard, au moment même où je comprenais qu'il m'avait repéré. La rafale de Kalachnikov passa très au-dessus de ma tête, déchiquetant les sapins tranquilles, dont la ramille oscillait imperturbablement sous la lune.

Je ne voyais rien, le nez dans la mousse. Je tirai. De nouveau, la trépidation du M 16, de nouveau une douzaine de balles Remington .223 dans la nature, hurlantes.

J'avais tiré au jugé et j'avais bien jugé. René le Lillois était disloqué, déchiré, quasiment collé à un arbre. René le Lillois en était donc aussi; ou plutôt en avait été.

À ce moment-là, Straub tira trois coups bien séparés. De nouveau, l'Uzi d'Alfred.

Il me restait à courir comme un fou. En principe, Alfred était maintenant coincé entre Straub et moi.

L'incendie s'était un peu calmé et l'atmosphère de la maison (fumée et odeur de phosphore) à peu près abordable. L'escalier ne brûlait pas, mais Alfred devait être en bas.

— C'est terminé, Alfred. Tu es le dernier. On a craqué tous les autres si je compte bien, y compris ta petite ordure de frangin.

Réponse d'Alfred : trente cartouches d'Uzi dans ma direction qui hachèrent menu le petit couloir.

Je ne voyais pas bien comment il pouvait s'en tirer et je ne voyais pas non plus comment le déloger d'où il était, ni comment Straub pourrait faire. Et puis, tout se passa très vite. J'entendis le fou qui criait « Arrêtez, au nom de la loi », des pas dégringolant l'escalier, Straub qui gueulait « mais arrêtez, chef, nom de Dieu », le bruit de l'Uzi, très court et ensuite, encore, le bruit du corps du chef Marchand dégringolant l'escalier. Complètement cinglé.

— Qu'est-ce que c'est que ce poulet à la con? demanda Alfred.

— T'occupe pas, mon mignon. Dans dix minutes, il y en aura nettement plus au mètre carré, du poulet. T'as peut-être remarqué qu'on faisait un peu de tapage nocturne?

Straub n'avait pas l'angle nécessaire pour envoyer une (la dernière) antipersonnel. Dommage pour Alfred, mais tant mieux pour moi. La cloison du couloir n'aurait pas résisté et je serais mort avec.

Le temps d'un quart de seconde, je vis Alfred passer devant la porte, fonçant vers la cuisine encore en flammes.

Alfred levait l'ancre. Je fonçai au premier, rejoindre Straub et Corinne. Le chat Azimut, parfaitement à l'aise, flairait le cadavre du chef Marchand d'un air surpris.

Sous la lune, Alfred Vila cavalait en zigzag.

Straub tira, mais Alfred à chaque fois changeait de direction. Il disparut à notre regard.

— Merde, merde et merde ! On loupe le plus chouette, dis-je.

— C'est ça, dit Straub, mais maintenant on fout le camp à toute vitesse, cher monsieur.

— C'est pas une idée plus bête qu'une autre, ricanai-je.

Dans la cuisine, la bouteille de propane à moitié pleine explosa enfin, faisant trembler le sol et donnant un nouvel essor à l'incendie. À cet endroit, le toit de lauzes s'effondra.

— Y a un Bon Dieu pour les ordures, dis-je. Cette pute de bouteille ne pouvait pas exploser au moment où Alfred passait devant ?

Corinne nous regardait d'un regard de folle.

— Merde, merde et merde! On loupe le plus chouette, dis-je.

— C'est ça, dit Straub, mais maintenant on fout le camp à toute vitesse, cher monsieur.

— C'est pas une idée plus bête qu'une autre, ricanai-je.

Dans la cuisine, la bouteille de propane à moitié pleine explosa enfin, faisant trembler le sol et donnant un nouvel essor à l'incendie. A cet endroit, le toit de lauzes s'effondra.

— Y a un Bon Dieu pour les ordures, dis-je. Cette pute de bouteille ne pouvait pas exploser au moment où Alfred passait devant?

Corinne nous regardait d'un regard de folle.

7

Corinne, hébétée, répétait seulement « C'est abominable, c'est abominable », les lèvres blanches, le visage jaune. La R 5 cahota, racla dans la boue. À un moment, je crus qu'elle allait s'enliser et qu'il faudrait la laisser là, mais enfin, elle finit par accepter d'aller encore jusqu'au carreau de la vieille mine.

— Nom de Dieu, dit Straub en ouvrant le coffre.

— Quoi ?

— Le chat.

Azimut était couché confortablement sur un sac postal. Il avait dû sauter dedans quand j'y avais jeté rapidement le M 16. Il s'étira et nous regarda d'un air que je trouvai narquois.

Je sortis la Land Rover qui démarra parfaitement et nous fîmes le transbordement. À 5 heures du matin, la Land Rover se moquant de tous les barrages routiers s'enfonçait profòndément dans les monts de la Margeride.

— Je veux bien boire un coup, dit Straub.

— Excellente idée. Il y a une caisse de bourbon quelque part derrière.

Je roulai lentement et, à 6 heures, je m'arrêtai, enfonçant le plus loin possible la voiture sous les sapins.

— Tu as peur des hélicoptères ?

— Oui. Principalement. Ils ne vont pas comprendre qu'on ait disparu comme ça.

Straub hocha la tête. Corinne, allongée derrière, sanglotait en silence.

— Le mieux est de ne pas bouger d'ici avant trois ou quatre jours. Quand les esprits seront un peu calmés, on descendra jusqu'à Carcassonne.

— À Carcassonne ?

— Oui. Un ami à moi, graveur de son état.

— Ah, d'accord. Et après ?

— Eh bien, je pense qu'on pourra se séparer. Toi, tu n'es pas très marqué. Personne ne peut prouver que tu as participé à notre petit ramdam nocturne.

— Oui, mais toi ? T'étais sous ta vraie, là-bas.

— Plus ou moins, souris-je. J'ai encore du rechange.

— Je ne veux pas être indiscret.

— On dort à tour de rôle, dis-je. Tu peux commencer.

L'hélicoptère passa deux fois. La première, en début de matinée, vers les 9 heures, exactement à la verticale de l'endroit où nous étions. Straub avait recouvert le toit de la Land Rover de branches de sapin, sage précaution. La deuxième fois, un peu plus au sud, mais vraiment en rase-mottes. À la jumelle, on voyait le pilote et l'observateur.

— Tu ne crois pas qu'ils risquent de ratisser à pied ?

— Il faudrait qu'ils aient un indice. À nous de ne pas le leur fournir.

Straub ne dit rien pendant un moment.

Corinne piqua une crise de nerfs juste après le deuxième passage de l'hélicoptère. Il devait être 11 heures, à peu près. Elle déboula de la Land avant que Straub et moi n'ayons compris ce qui se passait et elle se mit à cavaler en terrain découvert.

À peu près à deux cents mètres. Petite silhouette, déjà. Je me tournai. Erich Straub visait. Je dis :

— Non.

Il me regarda, abaissa le canon du 49/56.

Il me restait à aller la chercher. Et pas en hélicoptère.

Elle disparut dans une espèce de combe et il se mit à pleuvoir.

— Tu sais le risque ? demanda Straub.

— Un cadavre allongé en plein désert est tout aussi significatif qu'autre chose. Peut-être même plus.

J'avais les dents soudées.

Je rejoignis Corinne très facilement et lui collai une paire de gifles. L'hélicoptère ronronnait au nord, maintenant. Et il y avait trois cents mètres à découvert. Onze heures vingt : Corinne me regardait sans me voir, le visage ravagé. On entendait de plus en plus distinctement le moteur de l'Alouette : il était en train de revenir par ici. Je me mis à tirer Corinne qui trébuchait en marmonnant des tas de trucs. Finalement, l'hélicoptère ne réapparut pas et je forçai Corinne à avaler une bonne rasade de bourbon. Je lui collai deux Mogadon et l'installai à l'arrière de la Land Rover. C'était un visage de noyée.

— Je ne peux pas, je ne tiendrai pas, je veux revoir mon gamin, je te déteste, toi et ton fumier de copain qui m'aurait tiré dans le dos (comment le savait-elle ?) et tout ça et les flics.

Voilà, en gros. Parce qu'elle mit un moment à accoucher. Ça eut l'air de lui faire du bien et le Mogadon se mit à l'ouvrage.

— On pourrait se casser une croûte, dit Straub.

— C'est ça. Bonne idée. Mais vas-y doucement ; il y en a pour quatre jours au plus.

Straub et moi nous installâmes dans l'herbe un petit pique-nique tout ce qu'il y a de charmant.

— Côté organisation, on peut te faire confiance, dit-il adossé à un sapin en train de se confectionner un immense sandwich au jambon.

J'ouvris la première bouteille d'un médoc 75 fort honnête.

— Tu as vraiment pensé à tout, dit-il, insistant.

— Je fais de mon mieux, merci. Et, au fait...

— Hum ?

— Merci pour hier soir.

Straub rougit abominablement et je ris un bon coup.

Un soleil pâle d'automne se faufilait entre les sapins. Si Alfred Vila avait été mort, j'aurais été parfaitement heureux. Je dis cela à Straub qui me regarda avec un drôle d'air.

— Fous-lui donc la paix à Vila. T'as déglingué deux de ses frangins, ça ne te suffit pas ?

— Non.

— Tu sais, il y a de pires ordures que lui.

— Sûrement ; mais lui, c'est une ordure que *je connais* ; ça fait une énorme différence, mon cher ami. Énorme.

— Écoute, cette nuit, ça faisait huit morts. On sort de ça sans un poil de roussi, tu ne crois pas que c'est suffisant ? J'ai une planque sûre en Italie. Allons là-bas et attendons que ça se calme. Tu oublieras tout ça et puis voilà tout.

— C'est gentil, dis-je. Je profiterai sûrement de l'invitation. À quel endroit, en Italie ?

— Près de la frontière suisse. C'est très beau.

Je ne savais pas Straub sensible aux beautés du paysage ; c'était en somme une révélation.

Nous emmenâmes notre verre pour écouter les informations de 13 heures à la radio de la Land Rover. Le chat Azimut sortit d'on ne savait où et sauta sur mes genoux, lorgnant le n-ième sandwich de Straub qui lui refila un morceau de gras. Ça ne parut pas lui suffire et il se décida à une expédition en règle vers nos assiettes abandonnées sur l'herbe.

— Ne manque pas de toupet, dit Straub.

Ils avaient changé : ce n'était plus « la tuerie », c'était « le massacre » (de l'ancien français *macecle*, boucherie, mais ils ne précisaient pas) et on brodait terriblement sur le thème de la guerre des gangs et de son renouveau. Nous y apprîmes que la police « faisait l'hypothèse » (nom de Dieu, « faisait l'hypothèse », juste ciel, *l'hypothèse*, hein, l'hypothèse... la police faisait l'hypothèse... extraordinaire, non?), donc, « faisait l'hypothèse » d'un lien entre le « massacre » et le « fameux-hold-up-de-Saint-Cloud », etc., etc. Vint la litanie des victimes, les pauvres biches innocentes le petit Vila, réputé comme tueur sadique, Conrad Freund, tueur à gages notoire, malgré dix ans passés à la centrale de Melun, Giorgio Fanese (celui-là, je ne le connaissais pas).

On tenait de très beaux discours, également, sur la noblesse de la gendarmerie nationale.

Je décidai qu'on pouvait bouger le soir du troisième jour. De nouveau, le silence à la radio; de nouveau, nous n'étions plus qu'un atome de violence dans une masse indéterminée, pas plus intéressante qu'une autre (ou pas moins, tel devait être l'avis des flics). Nous avions passé notre temps à dormir, Straub sous la tente, Corinne et moi dans la Land. Corinne avait des cauchemars et pendant ce temps-là je fumais des cigarettes. De temps à autre, elle me fixait d'un œil indéfinissable et retournait à ses duvets.

On commençait à puer. Peut-être que c'est cette idée qui me décida, vers 10 heures du soir, au milieu d'une pluie battante. Je trouvais que ça sentait.

— Il y a une trotte, dit Straub, en regardant les cartes. Tu crois qu'il faut prendre toutes ces petites routes ?

— Tu es pressé pour quoi faire, Erich ?

— D'accord.

Il se laissait pousser une barbe blonde et rare ; ça ne lui allait pas si mal. Corinne sanglotait en silence.

J'engageai la Land en terrain découvert. En dehors de ce que montraient les phares, il n'y avait rien.

Nous ne nous trompâmes pas beaucoup la première nuit (et bien sûr, ne rencontrâmes pas un chat, encore moins un être humain). Nous eûmes un peu d'angoisse en traversant Châteauneuf-de-Randon où il y a une gendarmerie, mais tout le monde dormait parfaitement et nous fîmes six kilomètres sur la 88 en toute tranquillité. Après ça, je repris vers l'est la D 6. Ensuite dix invraisemblables kilomètres en pleine montagne du Goulet. Puis, après le Bleymard (nouvelle gendarmerie, mais nous ne la vîmes même pas), à l'attaque du col de Finiels à travers le mont Lozère. Straub s'endormit. En redescendant le col, il était 3 heures et demie du matin ;

je conclus que ça suffisait comme changement de décor. À l'aide de la Michelin, je trouvai une minuscule route forestière qui se dirigeait vers les sources du Tarn. De nouveau, nous étions en plein désert. Il pleuvait toujours autant, mais il faisait doux.

Straub grogna ; je décidai de fumer une cigarette dehors et de me taper un bout de William Lawson's avant de dormir.

— Tu es là ?

— Où veux-tu que je sois ?

Corinne.

— Je vais faire un tour dehors.

— Je peux venir ?

— Bien sûr.

Sous les arbres, c'était humide, mais les gouttes ne vous tombaient pas vraiment directement dessus. Je ne la voyais pas. Elle dit :

— Il reste une bière ?

— Sans doute.

Il y eut un bruit de décapsuleur dans l'obscurité et puis elle fut près de moi.

— Je n'ai vraiment pas été à la hauteur, n'est-ce pas ?

Elle s'accusait. C'est que ça allait mieux. Je bus une gorgée à même le goulot, qui ne me fit aucun bien. Je l'attrapai par le bras. Nous nous accrochâmes l'un à l'autre comme des noyés. Et vu le degré d'hygrométrie ambiant, c'était le mot. J'avais envie d'elle de façon brutale, inattendue et tout de suite.

Au bout d'un certain temps, on voyait qu'il y

avait une sorte de lumière glauque et verte qui, malgré tout, dessinait vaguement les objets, donnant aux sapins des formes effroyables et belles.

Ainsi, je la déshabillai au sein de cette humidité ni chaude ni froide et elle piétina ses vêtements. Il y avait là beaucoup de sauvagerie. J'avais envie de la violer et elle voulait cela ; elle était soudainement d'une dureté extraordinaire et brûlait. Elle se laissa prendre par la nuque pour s'agenouiller dans la mousse, la brume, le noir. Elle comprit parfaitement que je comptais prendre ses reins et les offrit.

À un moment, elle hoqueta :

— Par-devant, c'est de l'amour ; par-derrière, c'est de la haine. Je veux ta haine.

Puis elle cria. Un cri d'animal qui se confondait entièrement avec la nuit, le paysage confus noir et vert et fumé.

Quand elle se releva, ce n'était nullement un regard de soumission qui était le sien. Du moins, crus-je distinguer. Elle tremblait et avait la chair de poule. Et ce n'était pas le froid. Nous réintégrâmes la Land et elle vint se blottir contre moi.

— Je te hais abominablement, dit-elle au bout d'un moment.

Il me semblait que c'était incontestable.

— Tu finiras par me tuer, n'est-ce pas ?

— Dors, dis-je.

— On ne fait que ça.

— Corinne : tout est permis sauf les jérémiades.

— J'aime quand tu me prends comme ça.

Nous traînâmes toute la journée du lendemain. Vers 4 heures, à la nuit tombante, comme de nouveau les couleurs de la forêt se dispersaient, il y eut un bruit de moteur et une 4 L des Eaux et Forêts passa sur le chemin à une cinquantaine de mètres de nous.

— Ils vont repasser dans l'autre sens, dit Straub dans son début de barbe roussâtre.

— Oui. Et dans peu de temps, parce qu'il est tard.

— Tu crois qu'il va faire attention aux marques de pneus ?

Corinne nous regardait, l'œil très grand et très beau, les lèvres bien dessinées un peu serrées.

Trois quarts d'heure plus tard, on n'y voyait presque plus rien et la 4 L repassa. Je crus d'abord qu'elle s'éloignait. Mais soudain ce fut abruptement le silence.

— Prends sur la gauche, dis-je à Straub. Il fait le malin à couper pour nous tomber dessus. Moi, je vais le contourner.

De nouveau, le M 16 à la main. Je dis à Corinne qu'elle ferait mieux de prendre du champ. Elle me regarda très droit, d'un regard drôle, transparent et dur ; elle fit non de la tête.

En m'éloignant, je vis qu'elle préparait du café.

C'était un type d'une quarantaine d'années avec une barbe noire trop bien taillée (il devait se prendre pour l'ingénieur soi-même) et des yeux qui, usuellement, devaient être méchants.

Le M 16 devait lui donner une nouvelle conception de la vie; à juste titre, il paniquait. Il faut toujours que des petits crétins en uniforme fassent du rab. Bien entendu, ça finit toujours mal. Dans ma paume, la crosse du M 16 était tiède. Il me regardait, liquéfié.

— Qu'est-ce que vous faites là?

— On campe, bien sûr, dit Straub. Ça ne se voit pas?

Alors, tout à fait à droite de mon champ de vision, je vis le 11,43 nickelé avec au bout la main de Corinne, puis le bras et tout le corps qui se manifestait à la portière de la Land Rover. Il y avait un dernier reste de soleil, toute une vie silencieuse, calme et unie qui nous entourait.

— Vous êtes...

Corinne tira, le bras droit tendu, la main gauche serrant son poignet. Je vis son corps entier tressauter : la balle de 11,43 traversa l'air, puis la poitrine du petit bonhomme de l'O.N.F. qui aurait voulu être ingénieur mais qui, en lieu et place, mourait instantanément, projeté en arrière dans une giclée de sang.

Il y eut un silence de nouveau refait, provisoire. Corinne laissait pendre à bout de bras le Herstal et disait :

— Je l'ai fait aussi.

Straub était planté, là au milieu, ahuri. Moi aussi, avec la déclaration de Corinne qui hurlait dans mes oreilles.

Straub ne dit rien, alla vers Corinne — je crus un instant qu'il allait la gifler —, mais se contenta de se baisser et de ramasser la douille éjectée pour la mettre dans sa poche.

Corinne me regardait comme si j'allais lui dire que j'étais fier d'elle. J'eus nettement un frisson. Je songeai, glacé, que comme dit l'autre, les esclaves, précisément parce qu'ils n'ont pas de droits, n'ont pas non plus de devoirs. Et puis je ricanai intérieurement : devoirs et droits envers qui ?

Vers 4 heures du matin, nous étions en train de rouler sur le Causse noir, sur une petite route qui, finalement, dégringole dans les gorges de la Dourbie. Afin de brouiller les pistes, Straub avait suivi avec la 4 L un bon moment. Nous l'avions laissée avec son conducteur aux alentours du col de l'Houmenet, en pleines Cévennes, alors que la neige commençait à tomber. Ganté, Straub nous avait rejoints dans la Land en tapant les mains l'une dans l'autre.

Il avait fumé sa première cigarette depuis une éternité et sacqué un quart de scotch. Depuis, il fixait la route blanche.

— On commence à s'éloigner sérieusement du secteur dangereux, dis-je pour lui occuper l'esprit. À partir d'Albi, on devrait pouvoir prendre des grandes routes.

— On passe à Albi ?

— Oui, pourquoi ?

— J'ai un copain, dans ce secteur. On pourrait peut-être faire la pause chez lui ?

Ça ne me disait rien du tout. Me paraissait même extrêmement dangereux. Un témoin de plus, un embarras potentiel de plus, en conséquence. Mais on ne peut pas toujours dire non. Et en même temps, je m'engueulais, parce que je savais très bien que si nous en étions là, c'était parce que je n'avais pas su ou pu dire « non » à Alfred Vila. (Au fait, où était-il, celui-là ?)

— Quel genre ?

— Oh, lui ? Plutôt le genre anar. Tu verras, il te plaira beaucoup.

Vu ma réussite avec le petit postier de Saint-Cloud, je ne me sentais pas bien disposé envers les anars et autres cintrés du même tabac. Ça me semblait même pire que tout.

— Je suppose qu'il élève des moutons ou des chèvres et qu'il fait du bon fromage-au-lait-qui-est-du-pays-de-celui-qui-l'a-fait ?

— Ouais, ouais, dit Straub, emmerdé. Mais c'est vraiment un coin super-tranquille.

« Super-tranquille. » Et toc : il se mettait déjà à parler comme devait s'exprimer son copain anarchiste.

Ça amena doucement une vague idée dans ma tête, juste à ce moment-là. Après tout, pourquoi pas ?

— Montre-moi sur la carte.

Straub était ravi de rendre service. Hein ? Lui aussi, il avait de l'organisation. Mais il ne connaissait pas assez la carte de France pour savoir qu'on devait forcément passer vers Albi pour aller jusqu'à Carcassonne. Il mit aussi un bon moment pour trouver le gîte de son cher camarade amateur de drapeaux noirs, mais ça vint quand même.

Certes, c'était « dans le secteur » d'Albi, c'est-à-dire environ une soixantaine de kilomètres. Mais il est vrai que Paris est en Europe (dans le secteur), l'Europe dans le monde (dans le secteur) et qu'après tout le Soleil est dans le secteur de la Voie lactée, comme Albi. En fait, quand il eut épluché trois *Michelin*, il comprit que c'était vers Lacaune et bien plus près de Castres que d'Albi.

L'idée qui traînait dans ma tête commençait à prendre forme, sur le thème : le meilleur moyen de défense, c'est l'attaque. C'était drôle : cette idée triturait mes neurones depuis le moment où j'avais téléphoné à Pascal Genovesi, le charmant petit maquereau grenoblois. Quelque chose me soulageait et j'étais de nouveau en grande forme.

— D'accord, dis-je. Allons voir ton camarade.

— Qu'est-ce qu'on fait? demanda Corinne, du fond de la Land.

— On va voir un petit copain à notre ami Straub qui garde des chèvres. Très joli, tu verras. Je suis sûr qu'on va bouffer de la polenta; c'est hygiénique.

— Pourquoi tu te fous de lui? demanda Corinne.

— C'est ma nature, ricanai-je.

Straub se marrait.

Nous tombâmes sur la 99 peu après Saint-

Affrique et nous fonçâmes plein sud. La neige avait cessé, mais retomberait certainement dès qu'on commencerait à monter vers l'Espinouse.

— Il faudra prendre à droite dans un patelin qui s'appelle Brusque.

Il était 8 heures moins le quart lorsque nous traversâmes ledit patelin et il commençait à faire nettement jour (gendarmeries sans doute à Camarès et à Murat-sur-Vèbre).

Le copain de Straub occupait une énorme ferme, à moitié ruinée et au bout du monde, me sembla-t-il. Je notai qu'on pouvait se replier avec la Land Rover dans une espèce de sous-bois qui commençait deux cents mètres derrière la baraque ; la carte indiquait qu'il y avait au-delà une petite départementale qui menait à droite vers Camarès et à gauche vers Lacaune.

Deux ou trois flocons voltigeaient dans l'air quand j'arrêtai la Land Rover au milieu d'une cour gluante remplie de toutes les saloperies imaginables, depuis la carcasse d'une vieille 2 CV camionnette jusqu'à des jouets d'enfants en matière plastique complètement déglingués.

Corinne fit un commentaire atroce :

— C'est encore plus dégueulasse que chez mon mari.

Heureusement, Straub n'avait pas entendu et déjà traversait le bourbier pour rejoindre une porte peinte d'un bleu agressif, jurant étrangement avec le reste. D'ailleurs, tout jurait tellement ensemble que ça n'avait plus aucune importance.

J'armai le M 16. Je n'aimais pas du tout le coin. Les gens trop pauvres sont bien plus dangereux qu'on ne le croit communément, puisqu'ils n'ont rien à perdre. Je me méfiais terriblement de cette misère et me traitais maintenant de tous les noms.

La porte bleue s'ouvrit pendant que je repérais l'absence de téléphone, ce qui était aussi bien et d'électricité, ce qui était moins drôle. De toute façon, ça ne devait pas être des théoriciens de la salle de bains. Une fille apparut, que je distinguais mal, sauf ceci qu'elle portait un châle jaune et des bottes de caoutchouc. Straub causait. Finalement, il nous fit un signe de la main.

Je camouflai le M 16 (que je laissai armé) et le MAS, conservai sous mon aisselle le Walther et dis à Corinne :

— Puisque tu sais si bien te servir de ce monstre, garde-le au chaud dans ta parka.

— Tu crains quelque chose ?

— Oui.

— Straub ?

— Peut-être.

— Tu te méfies de tout le monde ?

— Tu oublies que nous sommes assis sur un joli paquet de fric ; Straub le sait parfaitement bien. Il peut lui venir des idées considérables.

— Mais... tu l'as soigné ?

Ma tristesse devait se voir dans mes yeux.

Corinne fit une chose bizarre : elle me caressa la joue.

— Ne t'inquiète pas. Je rêve sûrement.

En attendant, le décor sordide sous le ciel bas ne donnait pas de joyeuses idées. Et surtout, la petite idée que j'avais laissée trottiner dans ma tête était pour le moment bonne à mettre à la casse. C'était le plus déprimant. Obligé de me méfier de Straub. Juste à cause de l'atmosphère déprimante?

Ou autre chose? Une tonalité bizarre dans sa voix quand il avait insisté pour qu'on vienne ici? Est-ce que Straub, vraiment, ne savait pas lire une carte? Ne savait pas où était Albi par rapport à Carcassonne? Pourquoi comme ça, au dernier moment?

— Laisse bien le cran de sûreté, dis-je à Corinne qui fit oui des paupières.

C'était une tache de beauté que ce visage bien dessiné au milieu de ce merdier. Ça devait faire la même chose à son mari. Jérémie Detwiller. Déjà tellement loin. Je bouclai la Land à clef et nous pataugeâmes vers la porte bleue.

8

Il faisait là-dedans un froid exemplaire. Deux vagues morceaux de bois essayaient de fumer un peu dans une cheminée qui n'avait certainement pas été nettoyée depuis qu'elle avait été construite. Du plus bel effet. On continuait avec une table énorme qui aurait été superbe si elle n'avait pas été luisante de graisse mais de cire.

Le copain de Straub s'appelait Pierrot. Un bon mètre quatre-vingt-dix, environ cent kilos ; un balèze tout en barbaque sans une miette de ventre ; devait chausser du quarante-sept dans des bottes de caoutchouc. Cheveux et barbe d'un noir de jais, yeux méfiants. Impossible de préciser ce qu'il pouvait penser, mais on voyait qu'il triturait des tas de choses dans sa tête.

La fille qui avait ouvert à Straub était une blonde quelconque, pas laide, mais avec des poches sous les yeux : devait picoler sérieux, la belle. Il faut bien dire que dans un truc pareil, on ne devait pas être incité aux vertus de l'anti-éthylisme. Elle roulait du tabac gris pour compléter le style. Mais son café était délicieux; c'était toujours ça : Jeanine. Bon.

— Je peux vous garder quarante-huit heures au plus, disait le monstre d'une voix curieuse, à la fois aiguë et étonnamment élégante.

— Ça nous suffit, dit Straub. N'est-ce pas?

Je fis oui en me demandant ce qui se maquillait, là, sous mes yeux et que je ne voyais pas. J'aurais bien voulu savoir comment Straub et le monstre s'étaient connus. Ça m'aurait donné une idée sur leurs relations.

— Jolie petite nénette, dit-il soudain en fixant Corinne. N'est-ce pas, Jeanine?

Qu'est-ce que c'était encore que cette provocation? Qui avait intérêt, soudain, à aller si vite? J'avoue que je perdais complètement les pédales. J'observai Straub qui ne disait rien, l'œil fixé sur le feu.

— Je crois que tu fais erreur, mon pote, dis-je doucement. Je ne crois pas que tu pourrais facilement marcher comme ça.

C'était un type qui avait fait beaucoup de contresens dans sa vie. Il en faisait encore un.

— Mais... je ne dis rien de mal. C'est une sacrée poulette, c'est tout.

Finalement, tout cela était minable.

— Dis donc, Erich, tu as cinq secondes pour choisir ton camp. Après, ça va devenir plutôt dur.

Straub me regarda. Ses yeux brillaient. Il me sembla que c'était de la haine, mais je pouvais me tromper.

J'allumai une cigarette et me tournai vers la nommée Jeanine :

— Je vais te dire une bonne chose : tu es une moche. Tous les deux, vous n'êtes pas au courant du tout. Vous feriez mieux d'être très sages.

Le monstre se leva et dit :

— Si j'ai envie de la petite nénette, ou que ma Jeanine elle en veut, qu'est-ce que tu vas faire ?

Elle qui faisait du si bon café.

— Pierrot, déconne pas, dit soudain Straub. Je crois que tu n'as pas compris.

— Pas compris quoi ? Mais, c'est des caves.

— Je crois que tu te trompes, sourit Straub. Il n'y a pas plus dangereux, crois-moi.

Ma confiance en Straub revenait. Mais qu'est-ce qui l'avait poussé à nous foutre là-dedans ? Ou alors, ça ne se passait pas comme il escomptait et peur il avait, l'ami Straub. À regarder de près.

Le monstre s'approcha de Corinne. Il était à un mètre. Le 11,43 jaillit de la parka. Straub dit :

— Pierrot, tu vas faire une connerie, arrête-toi.

— Tu crois qu'elle me fait peur avec son joujou ?

— Ça n'est pas un joujou, Pierrot, et tu sais bien.

Le pouce de Corinne releva le chien, mais l'autre crétin fit encore un pas. Ça ne s'arrangeait pas. Dans ma poche j'enlevai le cran de sûreté du Walther.

— Fais plus un pas, dit Corinne.

— Je ne te conseille pas, en effet, dis-je. Ça va te faire drôle.

Sur le visage de Corinne naquit un sourire qui me terrorisa : elle avait envie de tuer. Le monstre, soudain, comprit ; ou du moins, il lui arriva quelque chose de ce genre.

Il regarda Corinne d'abord. Moi et Straub successivement. Puis, il retourna s'asseoir en haussant les épaules.

La tension se relâcha un peu. Corinne avait bien changé et je ne savais pas si ça devait me rassurer. Il y eut un long silence blanc où tout le monde s'observait.

— Personne ne sort d'ici, déclarai-je. Surtout pas les connards. Sache une chose, petit Pierrot : ta vie ne m'intéresse pas, mais si tu es gentil, on vous laissera un peu de fric pour vous dédommager. Tu as donc le choix : du fric ou du 7,65.

Straub, maintenant :

— On sort. J'ai deux petits mots à te dire.

Straub alla vers la porte, Corinne dit :

— Je vais avec vous.

La neige tombait de nouveau, en flocons plus gros.

— Qu'est-ce que tu magouilles, Erich ?

— T'es dingue ? Qu'est-ce que tu veux que je magouille ?

— Sais pas. Tes petits copains ne me plaisent pas du tout.

— On s'est mal compris, dit Straub, je t'assure.

Il avait l'air vraiment sincère ; mais le capital

confiance, comme ne disent pas les banquiers, était sérieusement entamé.

— Ils sont armés ?

— Sûrement.

— D'accord. On va bien voir.

Je retournai à la Land et réflexion faite, je pris le M 16. Il y avait des chances pour que ça leur calme les ardeurs.

— Je ne te quitte pas, dit Corinne. Même pour faire pipi.

— Bonne idée, dis-je.

Finalement, la pièce n'était pas trop sordide et les draps étaient propres, même s'ils sentaient passablement le moisi. La nommée Jeanine avait monté de l'eau chaude, il était 9 heures du matin.

Corinne, nue et belle dans la pénombre, vint me rejoindre dans le lit. Sa bouche quitta vite ma poitrine et se mit à descendre.

À un moment crucial de notre affaire, elle s'interrompit et dit tout contre mon oreille :

— Je veux que tu me prennes encore comme l'autre nuit.

J'y mis moins de brutalité, cependant, que la fois précédente. Corinne et moi vîmes ensemble que la porte n'était pas fermée et que par l'entrebâillement, Jeanine nous observait.

— Laisse-la, dit Corinne. Je veux qu'elle nous voie.

Qu'elle voie quoi ? Que Corinne prenait du

plaisir à se faire sodomiser par l'assassin de son mari ? Que je prenais plaisir à sodomiser quelqu'un qui avait pris le goût le plus redoutable : le goût de tuer ? Ou quoi d'autre ?

Corinne se redressa, certes pour que je la pénètre plus profondément. Mais aussi pour que Jeanine observe assez à quel point elle était belle. Le jeu dura un bon moment. Finalement, Corinne gagna contre Jeanine car ce fut cette dernière qui soudain se sentit honteuse et Corinne qui éclata d'un rire victorieux.

Corinne avait là une singulière façon de remporter des victoires psychologiques. Ça la fit exploser avec un feulement bizarre.

À 3 heures, je me réveillai complètement abruti, m'habillai et allai inspecter la Land Rover. Je ne rencontrai personne, mais j'eus le sentiment qu'on m'observait pendant que je traversais la cour immonde en diagonale.

Comme personne n'avait encore essayé de forcer une porte, j'en conclus que ce serait pour cette nuit. De quel côté serait Straub ? Impossible de décider, mais il y avait raisonnablement soixante pour cent de chances qu'il soit de notre côté. Même avec un fusil de chasse, un tireur comme Straub était redoutable. Je trifouillai dans le moteur.

J'allai jusqu'au portail de la ferme, distinguai un troupeau de chèvres et une grande silhouette massive. Nous nous observâmes mutuellement à cinq cents mètres, ce qui n'amena rien de nouveau.

Je crevais de faim. J'allai prendre quelques conserves dans la Land Rover et deux bouteilles de bordeaux. À ce train-là, il faudrait bientôt songer à faire le plein. Azimut avait fait ses besoins sous le fauteuil du conducteur.

Straub apparut comme j'entrais dans l'espèce de cuisine sordide. Il avait des poches sous les yeux.

— Personne n'a approché de la voiture, dit-il.

— Oui.

Je posai le M 16 à proximité et Jeanine apparut.

— Oh, c'est vous.

Pauvre fille. Elle avait fait un effort pour se coiffer, remplacé ses frusques par une blouse propre. C'était dérisoire.

Décidément, tout le monde bougeait. Corinne se manifesta à son tour, avec son éternel pull noir moulant sa poitrine et son blue-jean. Une grosse ceinture serrait sa taille et le 11,43 y était glissé.

Armés jusqu'aux dents. Jeanine la regarda fixement, évita le 11,43 et essaya un sourire. Corinne la regarda avec l'intérêt qu'on manifeste usuellement à une bouteille vide.

Elle sortit du pain, des assiettes et se mit à nous contempler bouffer sans mot dire. Elle finirait par me faire de la peine, avec cette mine de chien battu.

Straub fit des œufs au plat.

— On se tire quand? demanda Corinne que

le frottement du Herstal contre sa hanche commençait à agacer. Visiblement.

— Demain soir.

Je mis un temps et ajoutai :

— En principe.

— Ça veut dire quoi ? demanda Jeanine.

— Toi, la blondasse, ta gueule, dit aimablement Corinne.

Straub se contenta de trois œufs, de la moitié d'une terrine de foie à la landaise. Il accepta en outre deux fromages de chèvre. Après quoi il rota, ce qui fit dire à Corinne qu'il était un porc.

— C'est vrai que t'es lesbienne ? demanda Corinne qui décidément insistait.

— Fous-lui la paix, dis-je.

Le mâle de la lesbienne-voyeuriste apparut et dit :

— Jeanine, va te changer.

— Tu restes là, dis-je avec bonne humeur. Il n'y a pas de raison que tu sois éternellement comme une loqueteuse pour plaire à ton mec.

L'autre regarda le M 16, puis moi, puis Straub, moi, de nouveau.

— Tu crois que tu vas faire la loi chez moi, hein, rigolo ?

— Oui.

Ce qui de son visage ne disparaissait ni sous la barbe, ni sous les cheveux, ni sous le chapeau devint d'un joli blanc laiteux.

— Je veux deux briques pour vous garder, sinon je vous fous dehors tout de suite.

Cette fois, Straub éclata de rire, manquant de s'étrangler avec son verre de bordeaux :

— Écoute, Pierrot, sois un peu sérieux. D'abord, c'est un peu lourd comme tarif hôtelier, tu ne crois pas ? Et ensuite, tu sais bien que tu n'as pas les moyens de faire la loi. Il n'y a pour l'instant que lui qui réussisse à empêcher cette jeune fille (Corinne, en jeune fille, c'était quand même beaucoup) de te trouer la viande.

— Il y a longtemps que la belle cité d'Herstal sur la Meuse n'est plus le lieu de résidence privilégié des Carolingiens, mais ça n'est pas pour ça qu'on n'y fait pas des flingues d'excellente qualité, dis-je. En l'occurrence, il me semble qu'il s'agit d'un dérivé du bon vieux Browning de la Première Guerre mondiale. Son inconvénient, c'est son poids, mais il est très joli en nickelé, très féminin, au fond.

Le monstre me regarda comme si j'étais fou à battre.

— Il faut envisager d'être plus modeste, ajoutai-je aimablement. Tu devrais remercier Straub de te faire gagner un peu d'argent, mais ne sois pas excessif. Je te propose de goûter ce bordeaux. Il est un peu jeune et a été quelque peu bousculé, mais 76 est une excellente année.

Il accepta sans qu'on le prie, ce qui me surprit.

Après quoi, il n'y avait plus qu'à traîner jusqu'au soir. En espérant qu'il n'y aurait pas de séance au moment du dîner et également que l'ami Pierrot serait assez intelligent pour ne pas s'exposer aux rafales de M 16.

Je mis à profit le moment obligé de la traite des chèvres pour m'autoriser une visite de la maison. Notamment, je comptais découvrir un flingue quelconque que j'aurais confisqué ; mais rien, ni dans le taudis effroyable et puant qui leur servait de chambre, ni dans deux autres pièces inoccupées et d'ailleurs vides hormis une machine à laver hors d'état, des numéros de *Lui* vieux de cinq ans et des petits fascicules anarchistes poussiéreux, bleuâtres et déchirés. Ou encore, bouffés par des souris ?

Mais dans une grande ferme comme celle-là, ce n'étaient pas les cachettes qui manquaient.

C'est alors que me vint à l'esprit de fouiller le portefeuille de Straub : me donnerait peut-être des idées. Malheureusement, à l'époque où il était en train de crever, ça ne m'était jamais venu à l'esprit, ce qui devrait prouver que je n'ai pas un mauvais fond. Et maintenant, ça me manquait, ce qui devrait prouver que j'avais fait une connerie de plus. Le portefeuille de Straub était là où Straub portait ses feuilles et pas sur la caisse en bois qui servait de table de chevet dans la pièce où la nommée Jeanine l'avait installé.

Alfred Vila m'avait présenté Straub un jeudi midi au *PLM Saint-Jacques* : « Le tireur d'élite », avait dit Alfred.

Je les avais emmenés dans un restaurant sympathique, discret et très cher, et Straub avait pourtant insisté pour payer l'addition. Je n'avais gardé aucun souvenir spécial de ce moment, sauf qu'il m'avait paru exactement adapté à la situation. Je ne l'avais revu que planté à l'arrêt du bus au moment où la camionnette de la poste arrivait. Je voyais Alfred sortir de la 604 fermant la rue et le petit Vila par l'autre porte arrière avec la Thompson.

Je me tapai un scotch : tout cela n'avait aucune signification.

— À quoi songes-tu ? demanda Corinne, couchée, qui lisait un opuscule sur Bakounine.

— À Straub.

— Je crois que tu te plantes complètement à son sujet.

Voilà Corinne qui se mettait à donner des avis. Après tout, maintenant qu'elle faisait partie de la sacrée confrérie des tueurs, elle y avait sans doute droit.

— Pourquoi ?

— Je crois qu'Erich est un type bien.

— Ça n'est pas prévu dans les statuts de la profession. Et tu ferais mieux de remballer l'idée dépassée d'un gangstérisme romantique. Il n'y a aucun cadeau à attendre de personne et l'amitié ou des choses de ce genre sont toujours intéressées.

— Comment peux-tu vivre comme ça ?

— Allez, viens, on va aller voir si l'autre dingue est toujours aussi agressif.

Jeanine avait préparé du pot-au-feu. Je perdais mon temps.

Mais en même temps, je prenais la mesure d'Erich Straub. Ou du moins, j'essayais.

Nous avions dîné, tout le monde très gentil, empressé, même. (« Je suis résolument pour la joue de bœuf dans le pot-au-feu. » « Ta sauce à la tomate était terrible. » « Remets du bordeaux à tout le monde », etc., etc. Charmant.)

Maintenant, il y avait la suite. Campé à la fenêtre de la chambre, j'attendais qu'une quelconque silhouette se manifeste. J'en avais mal aux yeux.

Corinne dormait, habillée, le nez vers le mur. Je craignais qu'on ne voie la lueur à travers la fenêtre, aussi m'abstenais-je de fumer. J'allais céder à la tentation du paquet de Pall Mall quand deux formes apparurent dans mon champ de vision. Qui était-ce ? Est-ce que Straub était assez stupide pour ne pas se douter que je veillais ? Mais ça ne pouvait pas être lui. Ça devint vraiment emmerdant quand deux autres silhouettes apparurent à leur tour, fluides et molles au portail. Ainsi, le monstre avait fait appel à du renfort. Comment ? Mystère. Au résultat, ils étaient quatre.

Je méditai un instant, me dis qu'ils savaient parfaitement que je pouvais les observer et j'en conclus qu'il pouvait très bien y en avoir d'autres par-derrière.

— Corinne.

— Oui ?

Elle n'avait pas du tout la voix de quelqu'un d'endormi.

J'allai à la chambre de Straub. Ça me fit un bien inouï de l'apercevoir en train de ronfler honteusement. Je faillis éclater de rire et de plaisir ; j'en conclus avec surprise que j'aimais bien Erich Straub.

— Tu vois, dit Corinne derrière mon dos.

— Je vois.

Erich dut entendre nos voix, car il se jeta du lit en roulant par terre.

— T'excite pas.

— Où on en est ?

— On en est au moment où tu prends le M 16 et où il faut qu'on récupère la Land Rover.

Dans les yeux pâles de Straub, je lus quelque chose de bizarre. Il savait que je lui faisais confiance et je sus que ça allait très bien se passer. Je sortis le Walther.

— On va faire notre chemin, dit Straub en rigolant soudain dans la pénombre.

Il avait l'air cruel. Il ajouta :

— Je vous raconterai.

— Il y en a sûrement derrière aussi.

Nous méditâmes un moment la meilleure manœuvre, puis tombâmes d'accord.

Ainsi, Straub allait se raconter ; nous dire pourquoi il nous avait amenés dans ce merdier, dans tous les sens du mot. Ou alors, c'était le leurre suprême.

La petite lucarne du haut de l'escalier donnait sur l'arrière de la ferme. Trois silhouettes, de ce côté-là, dispersées.

Straub dit :

— Tu te trompes à mon sujet.

Je grognai et il dit encore :

— Tu crois qu'on pourrait emmener Jeanine? Au secours.

Alors, c'était ça le truc de Straub, son problème, sa vie.

— Bien sûr, dis-je poliment. (Comme une des deux silhouettes qui avaient traversé la cour tout à l'heure, ça ne pouvait être qu'elle... Continuons, on verra bien. Mais Jeanine aussi devait avoir choisi son camp.)

— Ça nous fait monter à sept, comme l'autre jour.

— Ceux-là, ça ne devrait pas être très difficile.

— Non, dit Straub, qui avait l'air de regretter.

Je dis encore :

— Il y a Jeanine dans le lot.

— J'attends une preuve.

On était dans les parages du drame romantique : obligés de tuer celle qu'il aime, etc. Et bien sûr, la nuit, sur fond de brouillard...

— On les laisse entrer dans la maison et on les flingue dans l'escalier. Tu ne crains pas que les autres se tirent tout bonnement avec la bagnole? On aurait l'air malin.

On peut d'un coup de marteau adéquatement placé faire sauter un antivol; on peut, en trifouillant trois fils faire démarrer. Mais rien ne remplace une tête de delco, sauf une autre. Je montrai à Straub celle de la Land Rover. Il sourit.

Il y eut un minuscule bruit de clenche de porte à l'étage en dessous. La respiration de Corinne s'accéléra. En chaussettes, Straub se plaça dans l'angle de l'escalier. On était dans le noir absolu, mais il n'y en avait que deux qui montaient; à l'oreille, on savait que le troisième était resté dans la pièce du bas.

« Maintenant », pensai-je. C'est-à-dire au moment exact où l'index droit de Straub accentuait à peine sa pression. Effroyable rugissement en plein milieu de ce silence de mort. Le bruit du M 16 tapait encore dans mes oreilles que je courais à la fenêtre donnant sur la cour, escomptant que celui resté en bas allait détaler par là. Bien entendu, ça ne manqua pas et il sortit en beuglant. Il allait tellement vite qu'il s'étala dans la boue et pauma son fusil de chasse. Quand il se releva, il fonça tout droit vers la grange où était garée la Land Rover.

Il devait se sentir un peu isolé, l'écolo au fusil de chasse. Je tirai deux fois à travers les carreaux. Je ne l'atteignis qu'une fois, mais la balle de 7,65 le projeta en avant et il s'étala définitivement dans la boue.

— C'est bon? demanda Straub.

— C'est bon.

Enfin, si on pouvait dire. Un peu facile comme massacre.

Nous descendîmes dans le noir. J'étais le premier et faillis m'étaler en butant sur le premier corps. L'autre avait redescendu tout l'escalier. Du .223 Remington à bout portant, tu vois le tableau.

Nous sortîmes évidemment par-derrière et nous mîmes à longer le mur ouest de la ferme.

On n'y voyait que très peu. Ordre de marche : Straub, moi, Corinne.

Arrivés à l'angle. Bon.

À ce moment-là, je me pris le pied dans une souche et me cassai fort joliment la gueule, ce qui, hélas, fit surtout grand bruit. Un type surgit alors, armé d'une Winchester : Straub le balaya. La tuerie commençait à s'organiser, merci.

— Rien ne vaut ça, commenta Straub. Si on pouvait éviter de déglinguer Jeanine ce serait bien.

— Dis-lui de sortir, proposa Corinne.

— On peut toujours essayer, approuvai-je.

Et Straub gueula :

— Laisse-la sortir, Pierrot.

Pierrot nous répondit diverses choses, notamment que nos mères respectives avaient été engrossées par des porcs ou des putois, il hésitait sur ce dernier point.

— Bon. On entre et on balaye.

Je passai un chargeur neuf à Erich.

— Toi ou moi, comme tu voudras, dis-je. Ils sont enfermés avec la Land dans le garage, maintenant. Quatre heures du matin ; la situation ne peut pas s'éterniser.

— Mieux vaudrait ne pas toucher la voiture, dit Corinne.

Mieux vaudrait, en effet. Des trous de balles dans une carrosserie, ça étonne toujours un peu le badaud. Sans compter qu'avec du Remington, on pouvait compter que la voiture serait peut-être même foutue. Il ne restait qu'une solution, en conséquence.

Il me fut assez facile de monter sur le toit, et sans faire de bruit, cette fois. Pieds nus, donc. C'était glacial, ces tuiles humides de neige fondue.

Straub exécuta des mouvements divers, en dessous de moi. Ça ne manqua pas : ils tirèrent à la Browning 270, ce qui les occupait. Je démontai deux tuiles. Je tirai tout de suite sur la silhouette accroupie près de la fenêtre, vidant le chargeur du Walther. N'en restait plus que deux. Dont Jeanine.

— Ordure, tu l'as tué, ordure, tu l'as tué.

C'était Jeanine et cela signifiait que le nommé Pierrot avait choisi le 7,65 plutôt que le fric. Dernier contresens.

Le survivant dit :

— Ça va, on sort.

Il était planqué derrière la Land.

Je me reculai de l'ouverture, n'ayant pas envie qu'il change d'idée et me tire dessus. Placé comme j'étais, je devais faire une cible idéale, même pour un tireur médiocre.

Je redescendis en vitesse, mis un nouveau chargeur dans le Walther. Ensuite, ce fut confus, extrêmement. Ils sortirent, un barbu maigre en premier, Jeanine derrière qui sanglotait. Je leur tournai le dos, pour récupérer mes chaussures et il y eut en même temps une rafale de M 16 et trois coups de 11,43.

Le spectacle était maintenant le suivant : il y

avait le corps criblé de Jeanine dans la boue, avec un vieux revolver de l'armée française serré dans sa main. Il y avait Straub et Corinne qui fixaient cela, chacun avec son arme fumante; il y avait encore le barbu qui tremblait de tout son corps et Straub qui disait :

— Elle allait te tirer dans le dos.

Voix métallique, désolée.

Je hochai la tête. Terminé.

— Fous le camp, dis-je au barbu.

Il me remercia du regard, je perdis de vue Corinne une seconde et il y eut de nouveau le fracas du 11,43. Le grand type maigre reçut un coup de marteau dans le dos et mourut à son tour.

Je regardai Corinne et frissonnai.

9

Straub pleurait : c'était maintenant atroce. Je pensais vaguement à une vieille chanson de Brel et des petits flocons de neige voltigeaient sur le pare-brise. Le jour se levait et on avait à peine roulé, allant doucement vers Albi, nous trompant deux fois déjà.

Corinne fixait les flocons d'un air vague et fixe.

Elle dit :

— Ça fait beaucoup de morts, hein ? Tu penses à quoi ?

— À obtenir des papiers convenables à Carcassonne ; à tuer Pascal Genovesi. Je comptais te laisser, toi et Straub, quarante-huit heures pour régler cette question et avoir des nouvelles de Vila. J'espérais même que vous pourriez rester un moment « là-haut ».

— C'est pour ça que tu avais accepté ?

— Oui.

— On ne peut pas rouler jusqu'à Carcassonne sans s'arrêter ?

— Non. Et je crois qu'Erich est vidé pour un bon moment.

— Mais non, ça va, dit Erich Straub, du fond de la Land. J'ai été un vrai con, mais ça va beaucoup mieux.

Tout ça allait durer combien de temps ? Longtemps encore, sans doute.

À Fraisse-sur-Agout, je tournai à gauche. Nous montâmes rapidement jusqu'au col de la Bane et là, je pris à gauche, plus ou moins au hasard. Je finis par trouver un endroit convenable. On était à mille mètres, il ne neigeait pas et on pouvait respirer.

— Tu veux du café ?

Corinne avait des cernes, la Land était cachée. Une puissante odeur d'urine de chat occupait la voiture. Azimut fut content de se dégourdir les pattes. Le train-train, en somme. J'avais envie de tout vomir.

— On est loin de Carcassonne ? demanda Straub. (Et il enchaîna :) Faut que je vous dise, pour Pierrot et Jeanine.

— Laisse tomber. Une autre fois. Corinne fait du café. On parle d'autre chose.

Les confidences de Straub, ça n'était pas le moment. Ça ne serait pas triste quand les flics trouveraient sept morts de plus tout compris et qu'ils compareraient les douilles laissées sur le terrain. On était faciles à suivre : on laissait des cimetières complets derrière nous.

En prenant beaucoup de risques, on s'était décidés à ce que Straub me descende jusqu'à l'entrée d'Olonzac. Il n'y avait pas tellement de solutions ; je me disais que Straub pouvait facilement tuer Corinne et s'en aller tranquillement avec un joli paquet de fric, sitôt que j'aurais le dos tourné. Repéré nulle part, Straub. Pouvait parfaitement aller où il voulait sous ses vrais fafs.

— S'il fait le moindre faux pas, je le tue, dit Corinne.

Ça devenait une manie, mais elle l'aurait certainement fait. Straub dit pour la première fois.

— De toute façon, on t'attend, dit Straub.

— Ça va mieux ?

— Ça va mieux.

Il faisait du soleil. Je traversai Olonzac en flânant, descendis à pied jusqu'à Homps, admirai les feuillages encore très verts le long du canal du Midi et me mis à faire du stop à la sortie du pays. Je vis l'Estafette de gendarmerie de loin qui venait de la direction de Carcassonne. J'avais longuement hésité à prendre le Walther dans mon escapade et, finalement, je n'avais pas pu renoncer. La situation était telle qu'au point où j'en étais, il ne me restait plus qu'à effacer tout ce qui était sur mon chemin. Je savais exactement où j'allais, comment j'y allais.

L'Estafette se gara en face de moi et un gros blond aux yeux fuyants traversa la route tellement autoritairement qu'il en oublia de regarder et manqua de se faire renverser par un vieux Berliet en pitoyable état.

— Vos papiers ?

— *Euh, sorry. Of course.*

Je lui tendis mon passeport anglais. Il était imprudent de n'avoir pas attendu son collègue. Je ne tirerais que lorsqu'il me ferait signe de monter dans l'Estafette. Son étui de pistolet était défait, c'était mauvais signe. Mais le Walther PPK sortirait bien avant qu'il ne touche son zinzin officiel.

— Vous êtes anglais ?

Cette question. Il ne voyait pas le passeport ?

— Vous allez où ?

— *Sorry ?*

— Où ?

De plus en plus méfiant. J'ai pourtant un accent parfait.

— Ohhh, Carcassonne (avec l'accent du Lancashire, je crois).

Il retraversa la route avec mon passeport, me plantant là. Je gueulai. Il me fit signe de venir. Il y avait le cran d'arrêt, mais une balle dans le canon du PPK. J'avais envie d'un demi.

Je traversai la route. Onze heures du matin. Il était déjà en train de s'activer sur sa radio.

Ça ne donna rien. Il me rendit mon passeport comme avec regret. Peut-être que je ressemblais à quelqu'un qu'ils recherchaient ? Hein, ça se pouvait, non ? C'était sans doute l'heure du pastis. Ils ne cherchaient pas plus loin.

Quand même, le sac à dos, c'était une bonne

idée; bel effet de routard anglo-saxon cherchant du travail pour les vendanges, un truc comme ça.

Ils redémarrèrent et je me postai de nouveau dans l'attente d'une voiture. Se présenta au bout d'un petit quart d'heure un vieux croûton qui occupait tout le milieu de la route avec une 305 flambant neuve.

Ayant tué Corinne, Erich Straub avait abandonné la Land dans une rue de Mazamet et attendait le prochain train pour Paris, gonflé de fric jusqu'aux narines.

Le vieux croûton nous traîna jusqu'à Carcassonne (Carca, pour les habitués) à soixante-cinq à l'heure en m'expliquant que sa femme lui interdisait de prendre des auto-stoppeurs, gens dangereux s'il en est (s'il avait su!), mais que lui avait toujours fait de charmantes rencontres, même une jeune Allemande qu'il avait finalement ramenée chez lui pour déjeuner, la pôvre, elle avait visiblement faim et que sa femme, ça, il n'avait pas compris, avait très mal accueilli la jeune personne. Il me berça ainsi jusqu'à la gare.

Je crus qu'il allait me payer l'apéro, mais je parvins à m'en débarrasser, à foutre l'encombrant sac à dos à la consigne et à prendre un taxi qui me mena jusque dans la cité même.

Ferrals tenait boutique non loin de la cathédrale Saint-Nazaire, dans une petite rue, entre une marchande de souvenirs grasse et curieuse et une galerie de peinture représentant essentiellement des paysages d'une effroyable tristesse. Si Ferrals s'était contenté de vendre ses gravures, il aurait fermé boutique depuis longtemps.

Une fille de dix-sept ou dix-huit ans tenait la boutique.

— M. Ferrals est là ?

Elle essaya de me faire le coup du regard transperçant pour prouver à quel point elle était jolie.

Ferrals devait être là, au fond, dans son atelier, parce qu'on entendait un genre de musique que ne devait guère écouter la petite effrontée. Je ne la voyais pas se repaître de pièces pour orgue de Cabezon.

Elle fit un vague signe vers l'arrière-boutique.

Ferrals a une cinquantaine, un gros nez rouge comme un tubercule inquiétant, des yeux bleus délavés et ne vit que dans et pour la vieille cité de Carcassonne, ses remparts qu'il met indéfiniment depuis vingt ans ou peut-être trente en lithographies. Mais ses talents essentiels ne sont pas là.

— Tu viens déjeuner ?

Il leva la tête, dit :

— Oh ! nom de Dieu de nom de Dieu !

J'attendis.

Il récita encore une litanie de « Nom de Dieu » et se laissa traîner au restaurant.

— On ne parle que de toi à la radio, dit-il une fois dans la rue.

— N'exagérons rien. Je me sers du passeport

britannique, je joue les auto-stoppeurs, j'ai été contrôlé par les gendarmes à Homps et ils me garantissent comme un natif de Birmingham, la grande cité ouvrière britannique bien connue.

Ferrals avait l'air horriblement inquiet. Au fond, il y avait peut-être de quoi.

Il prit un pastis, moi un bourbon-Perrier et son regard devint interrogateur.

— Deux passeports andorrans et les plaques et papiers pour une Renault 30.

— Andorranes ?

— Andorranes.

— Et tu vas où, avec ça ?

— Je vais prendre le filet au poivre vert.

Nous bûmes du vin des Corbières. À côté de nous, des porcs engouffraient d'épouvantables quantités de cassoulet au confit d'oie. Léger, pour l'après-midi. La fille était une jolie rousse ; à ce régime-là, elle ferait quatre-vingt-cinq kilos à trente ans. Les entours de sa bouche luisaient de graisse.

Ferrals s'envoya du confit de canard et mit à mal en un instant la première bouteille.

Vers la fin de son confit, il dit :

— Et les Vila ?

— Les Vila sont réduits à Alfred.

— Et tu continues ?

— Oui.

Il fit signe qu'on apporte une nouvelle bouteille de corbières. (Ce qui était gentil, étant donné que je n'avais eu droit qu'à un unique verre.)

— Je ne crois pas que je vais pouvoir faire grand-chose pour toi, dit Ferrals après avoir roté longuement.

J'allumai une cigarette après m'être fait servir (quand même) un nouveau verre et pris un air rêveur.

— C'est vraiment dommage. Je pensais pouvoir compter sur toi. Je vois qu'il y a un contretemps.

— C'est ça : un contretemps.

Pauvre con.

— Pour moi, c'est un contretemps et pour toi, c'est un contresens.

— Ça veut dire quoi ?

Ludovic Ferrals avait un tas de rapports douteux outre-Pyrénées, en même temps avec la Guardia Civil, le Segunda bis et l'ETA militaire. Toujours à cause de sa fabrique artisanale de faux.

— Tu prends du fromage ?

J'avais un air gourmand. Je pensais à bien des choses. Notamment à la fille de Ferrals.

— Christine travaille bien au lycée ?

— Où veux-tu en venir ?

Ferrals savait, sans jamais avoir voulu se l'avouer, que les chèques tombaient régulièrement à l'Institution Jeanne-d'Arc, que c'était moi qui les signais et qu'ainsi la feignasse réputée qu'était sa fille, bon an mal an, finirait sans doute par avoir un bac G1. Très honorable. Vive les secrétaires !

De l'autre côté, il y avait le colonel Innocencio

« Cojones » Cabral. Et d'un troisième côté Ipousteguy. Le double jeu, à long terme, ça n'est pas bon. Et le double jeu, c'est toujours à long terme.

Et moi, je voyais les choses depuis le quatrième côté. C'était toute la question. Pour lui, mais il ne savait pas encore. Ou bien il savait et ne voulait pas le savoir.

Ferrals commençait à suer. Le vin peut produire cet effet.

— Pourquoi tu m'as emmené là ?

— Pour ne pas donner des coups de fil à tort et à travers.

Il y a toujours des gens comme ça. Comme Jérémie Detwiller que je n'étais pas près d'oublier. (Si, si : j'oubliais déjà, j'oubliais tout, à chaque instant.)

— Des coups de fil ?

— Raul Ipousteguy et Cabral.

Il y eut un temps complètement mort ; un temps de mort. Dehors, on voyait des touristes belges qui trouvaient que c'était trop cher, des vendeurs de cartes postales, de faux intellectuels de gauche et un flic en civil. Le pont-l'évêque était parfait.

— Ce sera au nom de Pujol. Miguell Pujol et Rosa Pujol.

— Domiciliés ?

Il prit un temps, hésitant.

— Tu comprends bien que j'en ai besoin.

Trop pourri, Ferrals. Beaucoup changé. Des idées de sécurité devaient trotter dans sa tête. Il me fixait, maintenant. Je lui écrivis cela sur un morceau de papier.

— Pour quand ?

— Ce soir, 6 heures.

Il prit un air soulagé et je commençai sérieusement à m'amuser. Il prit du café, moi aussi.

— Tu peux compter sur moi. Ce sera prêt.

Ferrals termina son petit travail plus tôt que prévu. C'était du grand art. Les papiers pour la voiture aussi et les plaques andorranes, sans compter le permis de conduire international et une foule de babioles de ce genre. Je n'avais pas quitté le téléphone des yeux pendant qu'il opérait ; j'étais presque certain qu'il avait l'intention de me jouer un mauvais tour, le citoyen.

— Voilà, dit-il, justement fier. Tu n'as plus qu'à signer avec des stylos différents.

— Très bien. Et toi, tu n'as plus qu'à me raccompagner.

Il me regarda, les yeux envahis par la peur.

— Tu ne... ?

— Ça, ça dépendra de toi. Je crains que tu n'aies de très mauvaises idées, Ludovic. Forcément, ça me rend méfiant, tu comprends ? Je n'ai pas tellement envie que pour te dédouaner tu te précipites au téléphone.

— Mais, t'es fou. Je sais bien que...

— Je sais surtout que tu ne sais rien du tout.

Ludovic tremblait en montant dans la R 18 break ; il avait quinze ans de plus au bas mot. Moi aussi.

Je m'assis à côté de lui. Je commençais à avoir mon idée sur son destin et ça n'était pas réjouissant. La rencontre avec Ferrals produisait en moi un effet de chute libre. J'avais cru pouvoir compter sur lui non moins que j'avais su pouvoir compter sur Guy Montclin et, maintenant, il y avait très peu d'issues pour lui.

Et je savais que je n'aurais pas le même courage que celui que j'avais eu avec le petit mac marseillais expédié par Alfred. Je ne pourrais jamais tuer Ludovic Ferrals. Évidemment, je pouvais téléphoner à un certain Raul à Pau et il comprendrait très vite. Mais cela n'est pas dans mes manières. Ferrals devait trahir tout le monde depuis dix ans, et ainsi, à mes yeux, ne méritait pas plus de vivre qu'un Pascal Genevosi ou un Alfred Vila, quoique encore ce dernier pour des raisons différentes. Seulement, lui, je ne pouvais pas.

— Tu prends la direction de Mazamet. Je te montrerai ensuite.

— Je peux fumer une clope, au moins?

— Bien sûr.

La balle qui monta dans le canon du Walther fit un petit déclic bien huilé.

— Je ne suis pas fou, tu sais.

La nuit tombait; il fumait sa gauloise filtre.

Nous roulâmes en silence jusqu'à Cuxac-Cabardès et là, je le fis prendre à gauche, hésitai un peu. Je finis par repérer la 562. En principe, la Land m'attendait au carrefour avec la D 203 dans la forêt de la Loubatière.

Ça me fit un bien inouï quand je fis stopper Ludovic Ferrals, ayant repéré le cul de la Land Rover engagé dans un chemin de terre.

— Tu gares la voiture et tu sors, dis-je.

J'avais la nausée. Je lui tirai dans le dos au moment où Straub, ahuri, apparaissait. Deux fois. Il alla buter contre l'aile de sa voiture. Je restai planté là, paralysé ; le Walther à bout de bras, regardant Ferrals effondré, le nez contre la roue.

— Viens, dit Straub, tu n'as pas l'air dans ton assiette et tu as fait un raffut qui doit s'entendre jusqu'à Mazamet.

— On ne peut pas le laisser là.

Straub fit un signe de tête qui avait l'air affirmatif. Nous collâmes le corps sanglant de Ludovic Ferrals à l'arrière du break que je reculai à la place de la Land Rover.

— Tu es blanc, dit Corinne.

— Oui. Je veux un baquet de scotch.

— Ça s'est bien passé, pour vous ?

— Pas de problème. Et toi ?

— Tu as vu le final comme moi.

— Le type aux faux fafs ?

— Le type aux faux fafs. Il faut rouler. Je comptais passer la nuit tranquille dans le secteur, mais maintenant c'est hors de question.

— Roulons. Mais pour où ?

— Il faut s'éloigner et s'installer dans un coin tranquille une quinzaine de jours sans bouger. Et un coin où on a l'habitude de voir des touristes, même en septembre.

— Le mieux, c'est le bord de la mer, dit Straub. C'est encore là que ce sera le plus discret.

— On peut courir le risque de prendre l'autoroute depuis Carcassonne jusqu'à Nîmes et nous noyer dans la jolie foule des Saintes-Maries-de-la-Mer. La Camargue est bourrée d'Anglais d'un bout à l'autre de l'année. On ne nous repérera pas, me semble-t-il.

— Reste l'autoroute, je n'aime pas trop, dit Straub.

— C'est très dangereux, mais si on la prend vers une heure du matin, ça pourrait peut-être aller ?

Demi-tour, donc. Droit vers l'est. Dans ma mémoire, s'agitait le visage de Ludovic Ferrals.

— C'est joli, les Saintes-Maries ? demanda Corinne vers 2 heures du matin, alors que nous venions de passer Narbonne.

— Ça le fut, ça le fut.

— Et c'est fini ?

— Depuis longtemps, oui. Les touristes ont tout dégueulassé.

Corinne se mordit la lèvre inférieure et dit :

— Je ne suis jamais allée au bord de la mer, avec une voix de petite fille triste.

Nous sortîmes à Nîmes-Ouest sans encombre : pas de flics au péage. Quatre heures et demie du matin. Je tombais de sommeil, mais il y avait encore une bonne cinquantaine de kilomètres pour les Saintes-Maries. Straub s'était assoupi à l'arrière ; j'avais un goût de merde dans la bouche, mais il fallait qu'avant le matin nous ne soyons plus qu'une Land Rover britannique au milieu d'autres Land Rover britanniques et autres camping-cars, çà et là sur la quinzaine de kilomètres entre les Saintes-Maries, le phare de la Gacholle et même au-delà.

Le soleil se levait derrière nous quand je garai la Land Rover entre des Hollandais dans un superbe camping-car sur châssis Mercedes et une énorme Kawasaki immatriculée dans les Vosges, dont les propriétaires dormaient sous une tente bleue.

— Souviens-toi que tu es professeur de français à Birmingham et que tu profites de ton séjour en France pour parler exclusivement français.

— *Yes*, dit Corinne.

Straub eut le courage de monter sa tente en vitesse et nous bûmes du café en frissonnant de sommeil dans l'air frais qui venait de la mer.

— Nous voilà en vacances, dit Straub.

— C'est beau, dit Corinne.

— Bonne nuit, dis-je.

Il faisait chaud sous la tôle de la Land. On cuisait. Je me réveillai donc en sueur.

Nous laissâmes Straub vers midi (« Allez-y, allez-y, je vais lancer le concours de la plus belle poitrine féminine du canton, j'en ai pour la journée.) et nous allâmes à pied avec Corinne jusqu'aux Saintes-Maries.

Ça me rassurait, il y avait encore beaucoup de monde. On allait pieds nus, avec des lunettes noires, ce qui était ici la moindre des choses. Corinne jaugeait les beaux mecs et comparait avec une belle méchanceté les corps nus des habitués du secteur. Cette pause était extrêmement dangereuse, Corinne sautillait sur le sable et disait qu'on était bien. Ma tension se relâchait et je ne savais pas si c'était bon ou mauvais. Au bout d'un certain temps, en vérité, on ne voit plus tellement les choses sous le même angle ; ce qui est dangereux ou pas dangereux finit par ne plus avoir la même signification et un état d'indifférence s'emparait vicieusement de moi. Comme on se baladait en chemise et en blue-jean, nous n'avions aucune arme, bien entendu. Cela aussi était dangereux, comme il était dangereux de s'éloigner trop de la Land. Que ferait Straub tout seul face à un contrôle de police ?

Je m'aperçus que je parlais à voix haute.

Corinne dit :

— Tu sais bien que ça se passerait parfaitement. Et tu crois qu'ils en font ?

— Ils doivent sûrement fureter de temps en temps pour découvrir un peu de H, ou des trucs comme ça.

— Tu n'as toujours pas confiance en Straub ?

— Si, si. Je crois qu'on peut compter sur lui.

— Alors ?

— Alors, rien. Ça fait un siècle que je dois t'offrir le restaurant.

Elle louchait honteusement sur tous les magasins de fringues et en conséquence nous dûmes acquérir, dans l'ordre : une robe de plage multicolore parfaitement érotique, deux slips de bains minuscules, un rouge et un blanc qui se nouaient sur les côtés (crise économique dans le secteur du soutien-gorge, certainement des milliers de chômeurs), un pull noir en grosses côtes (« pour s'il fait frais le soir »), deux blue-jeans et une bague en faux étain vendue par un hippie complètement défoncé. Je me contentai d'acheter les journaux. On parlait de tout, sauf de nous.

— Tu es gentil, dit Corinne en sifflant son deuxième. Tu crois que je peux téléphoner à maman pour avoir des nouvelles du petit ?

— Oui, mais tout à l'heure et de la poste ou d'une cabine automatique.

— Tu es gentil, répéta-t-elle.

Le coteau-d'aix aidant, elle raconta un peu sa vie et, ensuite, bien entendu, se mit à me poser des questions à mon sujet.

Je lui racontai à peu près n'importe quoi.

Elle sortit de la cabine en disant :

— Ça ne répond pas.

Mais ça n'avait pas l'air de l'inquiéter et, moi, j'aimais autant, parce que j'étais certain que les flics avaient eu une belle autorisation en bonne et due forme pour écouter la ligne.

10

Vers 4 heures, écrasés sous les provisions diverses, nous faisions du stop parmi dix autres à l'entrée de la digue. Une Coccinelle en piteux état, conduite par un Allemand impassible, finit par nous prendre et nous déposer juste devant la Land Rover.

Au bout de cinq jours à prendre des bains de mer, à contempler les seins de Corinne maintenant très bronzés, à bavarder en anglais avec les Hollandais et dans un français très écorché avec le couple de Vosgiens (en gros, c'est à peu près comme les autres couples), à lire successivement *Vie, doctrines et sentences des philosophes illustres*, de Diogène Laërce en collection de poche, *l'Essai sur les Révolutions*, de Chateaubriand, *la Nuit du Grand Boss*, de Fruttero et Lucentini, j'en avais ma claque.

— Changeons de coin, dit aimablement Straub. Mais ici, côté flics, on est plutôt tranquilles.

Incontestablement. De temps à autre, on

voyait passer des CRS, mais du genre plutôt bonasse, apparemment habitués à la multiplicité des attentats à la pudeur, vraiment peu curieux.

L'après-midi, j'allai dans une agence des Saintes-Maries.

Un jeune type aux cheveux blonds très longs me montra les photos d'une demi-douzaine de trucs à louer à des prix effroyables.

— J'en ai assez du camping, mais le coin me plaît, baragouinai-je à peu près britannique, mais c'est très cher, très très cher.

— Oui, mais vous ne regretterez pas celle-là, vous savez. Et elle est vide, maintenant, vous pouvez vous installer cet après-midi.

Finalement, il m'emmena visiter.

Je visitai un très joli mas parfaitement bien aménagé, au milieu des marais. Et pas dans un cul-de-sac. De l'autre côté, un chemin au milieu des roseaux permettait de rejoindre Méjanes à travers le marais de la Sigoulette. Petite piscine et téléphone.

Comme profession, je mis *novelist* et il me dit poliment qu'il croyait avoir déjà lu ou entendu parler de mes écrits. Je parvins à ne pas lui éclater de rire au nez et même à ajouter que nous recherchions avant tout la tranquillité. Après quoi, je lui laissai un mois d'avance, cinq mille francs de caution, il me refila les clefs et nous nous quittâmes les meilleurs amis du monde, vu mes cinq cents balles de rallonge.

À 7 heures du soir, je refermais à clef la

grille ouvragée dans le « provençal » sacrément pacotille derrière la Land Rover.

Straub considérait la situation du point de vue purement stratégique.

— Très bon, finit-il par dire.

Coucher de soleil derrière les roseaux. On était quand même plus en sécurité que sur la plage ; du moins en avais-je le sentiment.

Je mis un moment à trouver des caches sûres pour les armes et les deux sacs postaux. C'était un problème dans cette maison un peu trop vide de meubles et sans grenier ni combles. Restait le grand jardin fermé par des ifs, mais, en cas d'urgence, s'il fallait se mettre à la pelle avant de pouvoir se défendre, autant creuser tout de suite des tombes.

Finalement, le M 16 disparut au-dessus d'une énorme armoire provençale, qui, elle, me paraissait authentique ; le 49/56 alla se loger derrière la pile de bois sous la cheminée et le Walther sous le coussin rebondi d'un fauteuil. Le Herstal irait sous notre matelas, exigea Corinne qui semblait décidément l'avoir pris en affection.

Soigneusement déchiquetés, les deux sacs postaux acceptèrent de bonne grâce de brûler dans la cheminée et leur contenu fut réparti à divers endroits.

Corinne avait préparé une ratatouille niçoise, Straub rêvait devant le paysage et Azimut faisait le tour du propriétaire, apparemment satisfait.

Ensuite, nous dégustâmes la ratatouille, arrosée au vin de Bandol ; ça délia la langue de

Straub qui se mit à nous raconter comment il avait connu les petits copains de la forêt du Caroux, comment il aimait Jeanine et pourquoi et comment et pourquoi elle avait filé s'installer avec le nommé Pierrot. Je n'écoutais que d'une oreille une autre histoire triste et sordide, rien qu'une de plus, finalement, et je louchais sur le téléphone.

Le fait que chez Guy Montclin, ça sonne sans que personne ne décroche me déplut passablement. Je me gardai bien de dire quoi que ce soit à son répondeur.

Une semaine passa, morne et douce. Le mercredi, nous apprîmes par la radio que la police ne s'expliquait pas quel rapport il pouvait y avoir entre les cadavres découverts au milieu d'une ferme abandonnée de l'Espinouse, celui d'un graveur de Carcassonne et la « boucherie de l'Aubrac », comme ils disaient maintenant, bien que la Margeride, ce ne soit pas l'Aubrac, mais enfin, passons. « Relation matériellement certaine, puisque ce sont les mêmes armes qui ont tiré à chaque fois », pérorait un imbécile savant.

Quand la police visiterait la jolie maison de Ferrals, elle comprendrait sans doute un peu mieux.

Le jeudi, on décrocha chez Guy Montclin et une voix féminine angoissée me dit qu'elle attendait, quant à elle, depuis quarante-huit heures. La situation ne s'améliorait pas.

Le vendredi, tout était en place dans ma tête; je rappelai chez Guy et cette fois, le type qui me parla au téléphone (ou, du moins, essaya) appartenait certainement au SRPJ de Montpellier. Il devenait hautement probable qu'Alfred Vila avait fait sa réapparition et avait commencé par régler avec Guy Montclin ce qu'il croyait être un compte.

Le samedi, la radio parlait du corps de ce notable assureur montpelliérain retrouvé horriblement torturé du côté d'Aix-en-Provence. Confirmation.

Je passai le dimanche à faire l'amour avec Corinne et à jouer aux dames avec Straub. Je perdis régulièrement, à son grand plaisir.

Après réflexion, je fis le voyage de Nîmes à Perpignan en train. La tramontane faisait plier les arbres. J'achetai les journaux et les lus soigneusement en mangeant un magret de canard au poivre vert, accompagné d'une bouteille de saint-estèphe parfaitement quelconque. Les flics avaient découvert la cave bétonnée de Guy et l'assureur montpelliérain était devenu beaucoup moins honorable. Un plumitif du coin s'étonnait sarcastiquement que la police n'eût jamais eu le moindre soupçon en ce qui concernait les activités illégales de Guy Montclin; en dehors de cela, il n'y avait rien d'intéressant.

Au café, j'avais envie de téléphoner au SRPJ de Montpellier pour leur parler d'Alfred Vila et de son support logistique Pascal Genovesi, proxénète notoire de la région Rhône-Alpes : ça les aurait occupés un moment et, à moi, cela aurait laissé les coudées bien plus franches. Mais je savais que je n'en ferais rien.

Après m'être trompé trois fois, je finis par trouver la maison de Cristobal Masarach, le Catalan plus que parfait, autonomiste furieux et partisan de l'action directe.

Très belle maison, d'ailleurs; hôtel particulier simple et de bon goût; grandes fenêtres, plantes vertes dans tous les angles possibles et même ailleurs, rideaux de satin violet, mobilier Louis XIII certainement authentique.

— Je vois que les autonomistes catalans ont de l'argent.

C'était un grand type maigre qui ne devait pas avoir trente ans, à la poignée de main sèche et dure. Il fumait des petits cigares et avait une certaine ressemblance avec Trotski, ressemblance qu'il devait cultiver.

— Nous sommes chez des amis, dit-il en riant. Des bourgeois qui culpabilisent et sont des amis du préfet. Vous voulez un scotch?

— Je veux surtout que vous me disiez à quelle heure nous arriverons à Ordino.

Il sourit et me servit quand même un verre. Je lui pris un de ses cigares.

— Si je comprends bien, vous êtes un gangster?

— Oui. Oui. Très dangereux, paraît-il.

— Vous êtes recherché ?

— Bien entendu.

— Nous passerons vers 3 heures du matin. Exactement entre 3 heures moins le quart et 3 heures un quart.

— Ah ?

— Oui. À cette heure-là, tous les douaniers et les gardes civils espagnols seront en train de traquer un joli paquet de contrebandiers du côté du Puerto de Boet. Ce qui fait que nous serons parfaitement tranquilles.

Je ne lui demandai pas comment il le savait, ç'aurait été très indiscret. Mais il insista :

— Vous voulez savoir pourquoi ?

— ...

Il but le fond de son verre et dit en riant :

— Parce que je l'ai dit au service des douanes d'Ax-les-Thermes, voilà pourquoi.

— Et c'est vrai ?

— Mais bien sûr. Tout le monde recherche activement les contrebandiers et pendant ce temps-là, la frontière est aussi trouée qu'un fromage de gruyère. Cela dit, ça va vous coûter très cher.

— Je n'ai jamais cru au philanthropisme des autonomistes.

— La politique ne vous intéresse pas ?

Il me servit un nouveau scotch.

— Cela dépend de ce que vous entendez par politique. En principe, il convient de poser que les gangsters sont de dangereux réactionnairesindividualistes-aventuriers-bourgeois; mais parfois, c'est plus complexe.

— Vous êtes un héros romantique? Un anarchiste?

— Non. Je ne crois pas. Je veux tuer quelqu'un, c'est tout. Et à mon avis, c'est un acte politique, ou, du moins, un acte moral.

La lumière faisait briller ses lunettes.

— Vous êtes un gangster qui croit en la morale?

— Justement, c'est là le problème.

— Vous avez trop lu Camus, c'est très mauvais et très faux.

— Il y a cinq ans, j'ai décidé d'arrêter d'être un intellectuel; ça m'a procuré beaucoup de satisfactions.

Il rit de nouveau et dit :

— Je suis juif, catalan et autonomiste : je ne peux pas ne pas être un intellectuel.

— Cristobal, c'est plutôt un drôle de prénom, pour un juif.

— C'est pour ça que je l'ai choisi, bien sûr.

Vers 4 heures, sa Fiat Ritmo roulait sur la 117 vers Quillan et nous écoutions les Rolling Stones.

— Vous avez une arme?

— Walther.

— Bon.

Après ça, il s'appliqua à conduire sagement à quatre-vingt-dix et moi, je songeais à Alfred Vila qui avait torturé Guy Montclin et puis l'avait tué avant de retourner se planquer au chaud du côté de Grenoble. Straub avait voulu venir avec moi, mais il avait finalement accepté de rester avec Corinne.

À 6 heures, on était à Ax-les-Thermes et on prenait l'apéritif sans mot dire au milieu des touristes. À 7 heures, nous étions les premiers clients d'un restaurant qu'avait l'air de fort bien connaître Cristobal Masarach.

Il est très difficile de savoir pourquoi on fait instinctivement confiance à quelqu'un et c'est un instinct qui pouvait être parfaitement trompeur, comme tout instinct. En conséquence, ma méfiance redoubla.

Je fis le numéro, laissai sonner sept fois, raccrochai et recommençai. À la septième sonnerie, Straub décrocha :

— Tout se passe bien?

— Pour l'instant, oui.

— À demain.

— C'est ça.

Je commandai une nouvelle paire de scotches et une nouvelle bouteille de Perrier.

À 10 heures et demie du soir, je payai et nous remontâmes dans la Ritmo. Cristobal prit la route de Foix, puis, à un endroit que je repérai mal, tourna soudain à gauche dans un chemin qui devint vite épouvantable.

La voiture s'arrêta dans une cour de ferme, en un lieu apparemment inaccessible.

— Ça commence là, dit Cristobal Masarach.

— J'avais deviné.

Les étoiles étaient belles et on respirait un air neigeux.

Il y eut près de nous quelqu'un tellement vite que je n'entendis absolument rien; non plus, je ne distinguais rien. Je vis seulement un vieux feutre déformé.

— Vous voulez un café?

Je songeais à tout ce monde secret qui passait les Pyrénées dans tous les sens. Très romantique.

Cuisine en Formica, linoléum, chauffage central. Bien trop propre. Pas romantique.

— Ne vous inquiétez pas, dit Cristobal derrière moi.

M'inquiéter de quoi?

Nous bûmes du café sous un néon qui accentuait le côté blafard des visages.

— Cinq mille, me dit Masarach.

Je délogeai dix coupures de cinq cents francs qui allèrent dans une main déformée par les rhumatismes et bus le café atrocement amer.

La femme nous regardait d'un œil vide, privé de vie.

— Tu passes sans problème, dit seulement le vieux.

Masarach fit oui de la tête. On aurait dit un faux rituel pour cinéma de série B. Un peu énervant, mais tout le monde devait y tenir. On allait sûrement me dire de ne pas fumer ou bien de faire attention où je mettais les pieds. L'air était glacé. Participant activement à l'atmosphère guerrière, un chien jugea bon d'aboyer au loin à ce moment. Je tombais de sommeil, mais ça ne devait pas être prévu.

Masarach alla de lui-même vers un hangar et se mit à déplacer des fagots. Apparut une Land Rover. Décidément.

Celle-là portait des plaques espagnoles en noir sur fond blanc. PGC, suivi d'un numéro. PGC : « Policia de Guardia Civil ». Ça me fit sourire. Je trouvais ça un peu naïf. Mais enfin, il devait avoir des raisons.

Masarach se mit au volant, une cigarette aux lèvres et recula. Je me demandai s'il avait l'intention de nous coller des chapeaux en cuir bouilli sur le crâne. La lumière laiteuse des phares blancs dessina violemment la cour. Je ne dis pas au revoir au vieillard et nous commençâmes à être secoués sur les pierres dures des Pyrénées.

Au bout d'une demi-heure, nous roulions dans les sapins.

— Nous sommes des flics de la Guardia Civil égarés au-delà de la frontière, dit-il.

— Ça n'est pas plus bête qu'autre chose.

Nous montions bien entendu sans arrêt, avec d'effroyables cahots.

— On va être en avance, dit Masarach. C'est plus facile que je ne pensais.

Les premières neiges apparurent. On ne devait pas être loin des deux mille mètres d'altitude. Les sapins avaient disparu depuis un bon moment et Masarach roulait, feux éteints, à quinze à l'heure sur une piste à peine signalée.

— Dans une semaine, on ne pourra plus passer.

Par moments, la Land Rover patinait. Différentiel bloqué, elle repartait droit.

À un moment, il dit :

— Voilà, nous sommes au-dessus du Vall Ferrera. Dans l'autre vallée à droite, on est côté Espagne. On s'arrête ici et on attend. On est à quatre kilomètres d'Andorre. À droite, on va sur le Port de Boêt ; en face, on monte à 2700 et on redescend sur Arinsal, juste sous le Coma Pedrosa.

Pourquoi était-il soudain si bavard ? Que voulait-il me faire oublier ?

À gauche, on se retrouvait au Port de Rat et en Andorre. Après, il suffisait de redescendre sur El Serrat et Ordino. Et c'était à Ordino que j'allais.

Cristobal Masarach sortit de la Land Rover sur une terre désolée, brûlée aux rares endroits où il n'y avait pas encore de neige. J'en fis autant. Mais le Walther avait changé de poche, une balle était dans le canon et le cran de sûreté était enlevé. J'espérais ne pas avoir à tirer à travers mon blouson de daim. Ces choses-là valent des fortunes. Sauf en Andorre, après tout.

Dans ma tête, sifflotait le premier mouvement (allegro) du *concerto pour deux mandolines et cordes* de Vivaldi en sol majeur P. 133.

Je dis :

— Finalement, il est évident que Vivaldi composait pour la mandoline napolitaine. C'est ce qui explique sa maîtrise, puisqu'elle est accordée comme un violon.

Je ne voyais guère que le reflet des lunettes de Cristobal Masarach, par-dessus le capot de la Land Rover, entre nous. Quelque chose de luisant brilla soudain entre ses doigts. Je roulai à terre, à l'abri de la Land, mais ne tirai pas. La balle siffla et partit se promener dans la montagne. Silencieux.

Je contournai la Land par l'arrière et à mi-chemin fis demi-tour. Le silence était tel que j'entendais sa respiration. C'était merveilleux, comme ça, au milieu des montagnes. Je dis :

— Tu as besoin de fric, Cristobal ?

Et courus à l'avant de la voiture.

Il y eut de nouveau le bruit sourd du départ et une nouvelle balle piaula très loin derrière moi. Je pouvais peut-être le raisonner ? Morte, la montagne immense. À une telle altitude, les étoiles scintillent moins. Il était à un bout de la Land et moi à l'autre. Contre mon épaule la chaleur du moteur et un vague relent d'huile. Je ne souhaitais pas du tout le tuer. Et la situation s'éternisait. Je jetai un caillou au loin, mais il se garda bien de tirer dessus. Un peu dépassé, le truc.

J'étais essoufflé. Je me demandais si Cristobal travaillait pour son compte ou pour autre chose. J'espérais que c'était la première solution la bonne. Peut-être que l'histoire des contrebandiers était une blague et que c'était moi qu'on attendait. On devait avoir l'air malin à tourner autour de cette bagnole, comme ça, en plein milieu de la montagne. Je commençais à avoir froid. Je me décidai, sortis de mon abri en me roulant par terre, le plus vite possible. Dans le noir, ça devait aller et mes vêtements étaient bien assez sombres. Il me tira malgré tout dessus, mais j'atteignis un repli de terrain. Évidemment, il passa de l'autre côté de la Land et il fit ce que j'escomptais. Il ouvrit la portière côté droit pour se mettre au volant, emportant une mallette avec ni plus ni moins que vingt-cinq millions d'anciens francs.

Le projet ne manquait pas de pertinence. Sauf que Cristobal, en ouvrant la porte, allumait aussi la lumière intérieure. Je tirai trois coups enchaînés. Cela fit, dans les montagnes glacées, un fracas considérable. Si l'histoire de contrebandiers, de gardes civils et de douaniers que m'avait racontée Cristobal était vraie, ça allait très vite faire beaucoup de beau monde dans les fameuses grandes belles montagnes. J'avais envie d'une cigarette en pesant les propos de Cristobal Masarach. Son histoire de douaniers me parut complètement bidon. Vivons-nous au hasard ?

Il était étalé dans un joli mélange de boue, de neige et de sang. Je fus content qu'une seule balle l'ait touché, et, encore, au gras de l'épaule. Anodin. Je lui rendis ses lunettes qui traînaient. Son visage était encore plus blanc que celui des montagnes, visage pourtant peu gai de ce côté-là.

— Tu rentres à pied, dis-je. Tu n'en as pas pour beaucoup plus de six heures et ça descend tout le temps.

J'étais gelé et ma main sur la crosse du Walther était encore crispée. Et cette arme avait maintenant beaucoup trop servi et il était imprudent de ne pas récupérer les douilles éjectées, et c'était devant Cristobal Masarach que je cédais et ne me décidais pas à tirer une fois nouvelle et définitive.

L'image du corps de Ludovic Ferrals avachi contre le pneu de sa R 18 bordeaux; puis Guy Montclin. Je préférais ne pas penser à ce qu'Alfred Vila avait pu lui faire. La main droite de mon corps se crispa, glacée, sur la très souple détente du PPK.

Cristobal se releva en faisant apparemment des grimaces.

— Qui t'a demandé cela? Ipoustéguy?

Il ne haussa pas les épaules, parce que cela lui aurait fait plutôt bizarre. Mais l'intention y était. J'étais en train de me demander pourquoi une seule de mes balles l'avait touché et mis cela sur le compte de quantité de choses diverses, notamment d'ordre psychologique, beaucoup plus que balistique. J'allumai ma cigarette.

— C'est très simple : tu parles ou je te tue. Je n'ai rien à compter. Quand je trouverai que c'est trop long, je te descends. Tu vois que c'est très simple.

Son regard accrocha le Beretta à terre. Comme

ça, à cinq mètres, la balle ferait certainement exploser le cœur.

— Personne ne m'a rien demandé.

— Tu travailles pour ton propre compte, imbécile ?

— Je hais les types qui profitent de la situation.

— Ah oui, c'est comme ce que me disait cet après-midi un type qui te ressemble. Tout aussi con. Tu as trop lu le *Don Juan* de Molière. Tire-toi et souviens-toi que, même s'il y a un Dieu vengeur, il ne t'a pas chargé de jouer le rôle de la statue du Commandeur.

Crise littéraire en pleine montagne.

Heureusement, ça ne l'impressionna pas. J'attendis qu'il eût disparu pour me mettre au volant de la Land dont je braquai les phares vers l'endroit où j'avais tiré. Je mis dix bonnes minutes à retrouver les trois douilles et renonçai à laisser son Beretta rouiller sur place.

Entre l'endroit où j'étais obligé de laisser la Land Rover et Ordino, il devait y avoir une bonne quinzaine de kilomètres. Avec des boots de chez Cardin, mon joli petit attaché-case plein de fric et un très joli vent glacé venu des belles cimes. Au début, ça patina dans la glace pendant un temps interminable et je me cassai joliment la gueule deux fois. Je me permis de brailler : il n'y avait personne pour m'entendre. Après, ça alla mieux.

Loïs a un appartement très élégant dont la terrasse donne sur le Pic de Casamanya. Il fallait espérer qu'elle n'était pas avec un mecton, mais je n'avais pas le courage de poireauter, planqué dans un coin. J'appuyai sur le bouton de l'interphone à 7 h 10.

— Je pense que tu veux du café, dit Loïs qui bâillait.

Elle avait juste dit « Ah, c'est toi », sur un ton bizarre, comme rassuré.

— Je veux principalement enlever mes chaussures.

— Enlève, enlève. D'où viens-tu ?

Je rigolai :

— Du Port de Rat.

— Hein ? De là-haut ?

— Oui. C'est là que m'a laissé en panne un autonomiste catalan conduisant une Land Rover de la Guardia Civil.

Yeux verts ; une très belle mèche blonde qui, pour le moment, lui pendait sur le nez petit et droit. Et sous des dehors de star américaine, la fille la plus sûre et la plus certaine jamais rencontrée. Maman finlandaise, papa andorran. Je suis tout le temps en train de fréquenter les trucs les plus improbables ; ce qui finira par me perdre. Mais, pourtant, il faut bien dire pour ma défense que les trucs improbables sont monnaie courante.

— Il y a longtemps qu'on n'a pas fait l'amour ensemble ? demandai-je.

— Une quinzaine de mois.

Loïs portait une robe de chambre de satin bleu clair d'une remarquable finesse. Mais mes doigts ne glissèrent pas dessus très longtemps, finalement.

Le repos du guerrier. Bon.

— Tu as les mains froides, dit Loïs.

Une pointe de sein venait en érection sous mes doigts. Elle se dégagea et proposa du café une nouvelle fois. J'avais envie de lui faire l'amour et de dormir. Pas très compliqué. Je pris son téléphone et appelai Straub.

— T'es pas dingue, t'as vu l'heure?

Bien de ce côté-là. Il me restait à dormir.

11

Frontière : la Junqueira. Il y avait un vent glacé. Les Espagnols ne s'occupèrent de moi que pour faire un signe désinvolte de la main. Ils ne m'inquiétaient pas terriblement, dans leur uniforme marron. Des poids lourds en provenance de Valence, chargés d'oranges. Onze heures du matin. J'écoutais « The Police » *(Every little thing she does is magic)*. J'avais préféré faire le détour par l'Espagne pour rentrer en France : il me semblait que c'était le mieux. Bouger le plus possible, tant qu'on peut et ne plus bouger du tout quand c'est nécessaire ; règle impérative. Si possible, s'arranger pour que l'ennemi ne parvienne plus à repérer vos mouvements. Et je n'avais pas envie que la police française repère mes mouvements. J'avais les cheveux teints en blond, une moustache abominablement rousse et beaucoup trop courte, une R 30 grise à injection immatriculée en Andorre et le passeport ad hoc.

Vinrent les flics de la police des frontières. Un

physionomiste, à l'évidence, me scruta sans en avoir l'air. J'avais laissé le Walther et le Beretta dans une forêt rocailleuse bien au-delà de Seo de Urgel. De toute façon, ça n'aurait servi à rien. J'étais intérieurement persuadé que tout allait s'arrêter là, piqué à la frontière tout connement. Derrière moi, une Jaguar conduite par une invraisemblable vieille Anglaise, et devant moi, une voiture immatriculée en France, avec des Marocains. Ça, c'était l'idéal. Ils allaient sûrement s'occuper de ceux-là en long en large et en travers : le temps qu'ils aient fini de déballer le contenu de la 504 break, il serait l'heure de déjeuner. Ils s'y mirent à quatre et je crus la partie gagnée.

Mais ce fut le physionomiste qui prit mon passeport andorran et me fit signe d'aller garer la R 30 d'un air benoît.

Il me regardait, me faisait ouvrir le capot, le coffre, fouillait sous les moquettes. À la fin, il eut un air navré, me rendit le passeport tamponné sans mot dire. Qu'est-ce qu'il croyait ?

Je roulai vers Perpignan à cent soixante-dix, complètement vidé au-dedans. Ça marchait. Jusqu'à quand ? Je m'observai une seconde dans le rétroviseur.

Je trouvais que je ressemblais toujours terriblement à moi-même. Ça ne devait pas être l'avis de la police, qui, de toute façon, devait m'attendre à la fois ailleurs et dans l'autre sens. Le visa espagnol de sortie sur le passeport ferait l'effet souhaité sur n'importe quel contrôle d'identité. J'étais certifié conforme : du recyclage, en somme. À Béziers, je changeai la cassette. Il y avait deux auxiliaires de la gendarmerie qui me regardèrent très aimablement au péage. Je m'installai confortablement devant une table recouverte d'une nappe blanche, avec de belles serviettes bleues et un admirable menu de poissons. Il y avait aussi, à côté de moi, les journaux que je venais d'acheter. Le maître d'hôtel m'apporta lui-même mon bourbon-Perrier et j'ouvris *France-Soir :* ce qu'on y voyait avant tout, en première page, c'était une photo dégueulasse mais indubitable d'Alfred Vila. Je n'avalai pas mon bourbon de travers et fonçai sur le texte : c'était réjouissant en un sens : Alfred avait tout sur le dos et était présenté comme le metteur en scène de la « boucherie de l'Aubrac » et comme seul responsable vivant. Course-poursuite, semblait-il, en plein jour dans Valence. Repéré en train de traîner au domicile de la mère de Corinne Detwiller, « dont on se souvient que... ». Des dangereux petits futés de l'anti-gang, ça. C'était ceux-là qui devaient planquer devant chez la mère de Corinne. Et Alfred, avec ses bonnes vieilles méthodes de spécialiste de l'ignominie, bien décidé à piquer le gosse. Seulement Alfred connaissait Valence bien mieux que les gens de l'anti-gang. Roulant Porsche (à son habitude, mais le journaleux n'était pas forcé de savoir), M. Vila leur avait filé entre les doigts en deux coups les gros. Tout cela méritait réflexion et la réflexion elle-même méritait un nouveau bourbon. Auquel j'eus droit, malgré la visible réprobation du maître d'hôtel. Je mâchai une olive, ce qui est le début de la rumination mentale.

Je m'envoyai ensuite des filets de sole admirables, arrosés d'un blanc de Clermont-l'Hérault qui ne fait pas partie du domaine public. Ça m'aida un peu à peser le pour et le contre. Le contre, c'était la persistance des flics et, à coup sûr, des barrages partout dans le secteur de Lyon-Valence-Grenoble : pas intérêt à traîner dans ce secteur-là et, pourtant, c'était droit là-bas que je voulais aller, interroger de façon intime Pascal Genovesi pour savoir où Vila planquait. Et, pour l'instant, je ne voyais que lui à le savoir ; en outre, j'avais un gros compte à régler avec cette vieille grosse pute molle. Avec la lotte au poivre vert, j'en étais au pour, mais de ce côté-là, il n'y avait pas grand-chose. Décidément, Alfred était idiot. Qu'est-ce qu'il comptait faire du gamin Detwiller ? Comment pouvait-il imaginer que les poulets ne seraient pas à planquer en bas ? Débile. C'était le seul truc pour. Vila continuait d'amasser les conneries et allait finir par se faire piquer ou plomber. Et moi, je voulais Vila vivant.

Vila.

Sans le savoir, avec le remue-ménage, les flics faisaient un bien joli paravent à Alfred.

Je sacquai la première bouteille de blanc et attaquai une demie de Léoville-Las Cases 1972 avec quelques fromages de chèvre du secteur. Je ne savais toujours pas quoi faire. Contourner les barrages : ça voulait dire passer en Italie et revenir sur Grenoble par Turin et Briançon. Deux fois la frontière : beaucoup trop. Il faut savoir ne pas insister lourdement. Attendre. Attendre encore. La demi-bouteille de bordeaux prit une nouvelle et dernière claque. Je commandai un café et passai à l'armagnac. Le maître d'hôtel, maintenant, me regardait avec respect; respect pour l'addition.

Je n'avais pas de solution. Straub et Corinne devaient se morfondre. Il est vrai qu'ils n'étaient pas bien loin, mais pas question d'y mettre les pieds. Il me restait donc deux solutions, me dit mon deuxième armagnac, une sorte d'or très ancien dans un verre immense et les précautions du sommelier pour verser ça. Quand on n'a plus de solutions, il en reste, *donc*, toujours deux : celle qui consiste à laisser tomber et celle qui vous ennuie.

Deux bourbons, une bouteille de blanc, une demie de rouge, deux gnôles : j'avais mon compte; côté lucidité, j'étais fin prêt. Dormir et oublier Vila. Ça disait, quelque part, euphoriquement : « Mais qu'est-ce que tu lui veux, finalement? » et je n'étais pas foutu de répondre. Alfred devait représenter des tas de choses inavouables.

Bon. La psychologie me fait chier au plus haut point. L'armagnac n'y était sûrement pas pour rien. Il n'y avait plus qu'à téléphoner à Antonio.

Je ne titubai pas pour rejoindre la cabine.

— Tiens, dit Antonio. Tu te surpasses, ces temps-ci.

J'avais envie d'aller rejoindre Hélène à l'île d'Yeu. Je laissai le silence traîner sur la ligne. On entendait vaguement une mère donnant des conseils à son fils dans une sorte de friture.

— Tu peux te déplacer ? demanda Antonio.

— Plus ou moins, dis-je. Je préférerais que tu viennes.

— Quand ?

— Tout de suite.

— Ah.

— Et avec tout ce qui convient.

— Je m'en doute. J'ai eu vent du destin de Guy. Alfred m'énerve un peu, maintenant.

— N'est-ce pas ? Notre petit restaurant des Baux vers 8 heures, ça te va ?

— Écoute, pas avant demain. Demain soir, à 8 heures, d'accord ?

— D'accord.

— Compte sur moi, dit Antonio.

Je voyais son sourire d'ici. Je ne tremble pas souvent, mais je faillis raccrocher le téléphone à un endroit où il n'y avait rien pour ça. Parce que, en ce moment, Antonio Farnese (si, si, de la famille) devait être en train de faire le numéro de Pascal Genovesi à Grenoble. Dans une heure, Alfred serait au courant.

Antonio Farnese. Plutôt épais de formes, barbe et yeux d'un air incroyable. Le seul Italien connu qui trafique de n'importe quoi (beaucoup de putes, beaucoup) sans rien connaître de la

Mafia : une performance. Très sympa, Antonio : d'une méchanceté incroyable sous des airs éternellement étonnés et rieurs. Sa passion : sa Rolls Silver Shadow. À son ton, je savais qu'il avait l'intention de me trahir de la façon la plus plate. Alfred devait me vouloir autant que je le voulais. À ce point-là, ça n'était plus que de l'amour. Je retournai à ma table, en songeant qu'Alfred Vila ressemblait à mon père : ça expliquait bien des choses, tas de sauvages.

Demain soir, aux Baux, il y en aurait partout. Antonio avait décidé de ne pas payer sa dette à mon endroit. Je savais cela avant même de décrocher. Mais c'était là une preuve délicieuse. Entre un vieux con comme Alfred et un petit mec incontrôlable comme moi, les macs et leurs porte-flingues n'avaient pas longtemps à traîner dans l'hésitation. Les isolés, tout le monde s'en méfie ; de l'ordre, de l'ordre. Surtout quand le bordel est une institution. Ce qui me fit penser, comme il est naturel, à Guillaume de Saint-Pourçain, Guillaume Durand, pour les intimes : notre mère l'Église, pourquoi ne pas l'appeler putain, puisqu'elle nous aime tous ?

Je payai une addition monumentale et sortis, immédiatement traversé par la tramontane. J'avais maintenant de Béziers une autre notion que celle des amateurs de rugby. Je remontai en voiture et consultai la carte Michelin n° 83. Je méditai un moment, puis me paumai dans des sens interdits, me fis engueuler par un gardien de la paix qui me donna ensuite des indications convenables et je me mis à rouler sur la route de Bédarieux. Les Baux m'arrangeaient notoirement et Antonio ignorait cela. De nouveau, j'avais vaguement le sentiment de vivre un peu.

À Bédarieux, je bus deux cafés et téléphonai à Straub et Corinne.

— Ça se passe bien?

— Oui.

— Vous levez l'ancre.

— Oui.

Straub était parfait. J'ajoutai :

— N'oubliez pas le chat.

— Il fait la sieste avec Corinne, je crois.

— Vers 22 heures.

— Bon, dit Straub. Où ça?

— Michelin n° 83, pli 6, en haut. Devant l'église de Brissac. Vous ne me verrez pas. À 22 h 15, vous prenez la route de Ganges. Je vous doublerai avec une R30 grise immatriculée en Andorre. Il n'y aura plus qu'à suivre.

— Ça tourne.

— Straub?

— Oui?

— Merci.

— Connard.

Je raccrochai. Ça allait bien mieux. Maintenant que ça se planifiait (de l'ordre, toujours de l'ordre, l'ordre a toujours raison).

Bédarieux-Lodève, c'est une sacrée route;

mais superbe. Après ça, un bout de la nationale 9, puis, à droite, Soubès, et ensuite, Saint-Étienne-de-Louriès. J'avais fait cette route-là en 2 CV camionnette pendant deux ans de suite; mais maintenant, Emmanuelle devait avoir presque quinze ans. Je ne savais pas quoi lui offrir; il ne me resterait qu'à lui donner de l'argent.

Il faisait soleil, un soleil couchant et glacé. Six heures et quart. Odile avait acheté une voiture neuve, un break 305. J'arrêtai la R 30 sur le chemin et regardai la maison un moment. J'avais beaucoup aimé cette maison. Beaucoup. Je n'étais pas venu depuis cinq ans et là, entre autres, dormaient dans leur graisse les cinquante-sept pièces de mon monstre préféré, un Colt Python calibre .357 à canon de quatre pouces, à peine plus long qu'un .45 automatique et à peine plus d'un kilo. Sauf à tomber sur un nouveau remplaçant dans la gamme, le Trooper MK III entièrement monté sur ressorts à boudin, j'attendais volontiers les amis.

Je claquai la portière de la R30 doucement et ne succombai pas à la tentation d'allumer une cigarette. J'avais envie de tout, sauf d'avoir l'air de faire une descente.

Odile. Dix ans de mariage. Elle sortit sur le pas de la porte. Déjà, son visage durcissait. Elle dit :

— Ah, c'est toi ?

— Oui. Emmanuelle n'est pas là ?

— Qu'est-ce que ça te fait ?

Je ne répondis rien. Elle avait les épaules voûtées. Dans la maison, ça puait le chien. Je me souvins que son petit copain adorait les clebs.

— Pourquoi viens-tu ?

— Prendre quelque chose.

Elle dit :

— Tu peux bien tout prendre.

Et elle fondit en larmes.

Je ne m'assis pas, montai à l'étage, filai dans la pièce du fond. Mes biens n'avaient pas bougé. Je pris la boîte du Python, les cinquante cartouches et vingt mille francs suisses. J'hésitai un moment à récupérer mon *vrai passeport*, celui de la Confédération helvétique, mais je n'avais pas besoin d'être vrai. Dieu sait. Odile n'était jamais venue regarder ce qu'il y avait dans cette malle. Certain.

Je redescendis. Elle lavait machinalement des verres dans l'évier.

— Tu ne veux pas attendre Emmanuelle ?

Je n'avais pas envie de prolonger la séance. Je sortis dix billets de cinq cents francs.

— Essayez de vous acheter des trucs chouettes avec elle. Et tu devrais virer le mec aux chiens. Il n'est pas digne de toi. Moi, je ne l'étais sûrement pas, mais alors lui...

— Tu ne veux pas rester un peu ?

— Complique pas tout, Odile.

Elle plaça de travers le godet sur le bord de l'évier en zinc et le godet alla péter par terre.

— Je reviendrai, dis-je.

Je vis sa nuque qui faisait une sorte de oui et

je refermai doucement la porte. En redescendant vers Saint-Étienne-de-Gourgas, je croisai une jeune fille blonde en mobylette, les cheveux au vent. Je mis dix minutes à comprendre que c'était ma fille et ce retard fonctionnel n'arrangea pas mon moral.

Je roulai tranquillement vers Saint-Maurice-Navacelles et trouvai vite un coin tranquille pour remonter le Python. Il y avait la notice, heureusement. Quand ce fut fait, je m'éloignai de la 30 à pied, me désignai des cibles et vidai deux barillets le plus vite possible. Avec de la .357, le Python n'est pas évident. Surtout avec le canon de quatre pouces, qui enlève l'effet de charge à l'avant. Au bout du deuxième barillet, j'avais le poignet endolori, très nettement. Mais une fois de plus, la précision s'avérait extraordinaire. Il me restait à aller traîner à une table de restaurant jusque vers 9 heures et demie.

À 21 h 45, je passai devant l'église de Brissac, fis demi-tour et allai me planquer dans un petit chemin qui descendait vers l'Hérault. La R30 était invisible de la route. Straub et Corinne devaient arriver par là : s'ils avaient la moindre chose au cul, flics ou autre, je n'aurais pas de surprise. Hautement improbable, mais ça ne me coûtait pas grand-chose. Je sortis de la voiture dans l'air vif et allai surveiller la route. La Land Rover parut avec cinq minutes d'avance. C'était normal. J'allumai une cigarette et la fumai sur place sans bouger, le Python à la main. Je comptais tirer sur la moindre voiture suspecte qui passerait dans les cinq minutes suivantes : une balle de .357 magnum traverse un moteur, ni plus ni moins. Sur sa lancée, elle peut encore tuer le chauffeur si elle le rencontre au passage.

Ne passèrent aucune voiture, donc aucun moteur ni aucun chauffeur. Les six cylindres de la R30 ronronnèrent et je roulai à quatre-vingt-dix, pour traverser de nouveau Brissac. Deux kilomètres plus loin, la plaque britannique de la Land Rover brillait dans mes phares. Je doublai et ralentis : ça faisait un Andorran et un Anglais qui se suivaient sur une petite route départementale. Ganges, Saint-Hyppolite-du-Fort, Alès.

Il était 23 h 30 quand je bouclai à clef la R30, proprettement garée dans un parking à côté de la cathédrale d'Alès, en m'arrangeant pour que les plaques andorranes ne soient pas trop visibles.

Je grimpai dans la Land Rover avec un plaisir inattendu.

— Salut, dit Straub. Qu'est-ce qu'on fait?

— Tu prends la direction de Bagnols-sur-Cèze : on va dormir dans la montagne.

— J'aime mieux sans moustache, dit Corinne.

— Moi aussi.

— Alors, on reprend nos habitudes de camping? demanda Straub.

— Ce sera fini demain, en principe, mon cher ami.

Je racontai les conneries de Vila et comment j'étais certain qu'Antonio Farnese allait rameuter du beau monde.

— Tu crois vraiment ?

— Il y a des tons qui ne trompent pas. Surtout au téléphone. Antonio est tout à fait capable de n'importe quoi : et avec lui, en imaginant le pire, on est sûr de ne pas se tromper. En outre, il y a son tueur préféré, un Américain qui s'est arrêté dans le coin au retour du Viêt-nam et qui répond au doux nom de David. Ces deux-là, plus Vila, plus, sans doute, quelques autres. La seule chose, c'est qu'il suppose que j'opère à mon habitude, c'est-à-dire en solo.

— Tu veux un bourbon ? demanda Corinne qui fricotait à l'arrière.

— Ça, c'est gentil, avant qu'on ne soit sur les petites routes.

— Tu comptes procéder comment ?

— Il faut partir d'idées simples : on va les tuer tous et, ensuite, Corinne et moi nous passons en Espagne, et toi, tu vas retrouver ton petit coin italien.

— C'est plutôt vite dit.

— Oui. Et ce sera vite fait. Corinne et toi, vous opérerez au dernier moment. Ce sera une affaire de sang-froid.

Nous déjeunâmes à Beaucaire, le lendemain midi. À 15 h 30, Straub trouva une 505 avec les clefs au volant (vingt minutes de recherches) dans un parking de Tarascon. Pour faire quinze kilomètres, ce n'était pas le bout du monde de piquer une voiture. Cette fois, il me semblait qu'Alfred était au bout de mon flingue. Ce que je regrettais le plus était de ne pas pouvoir régler son compte tout de suite à Pascal Genovesi ; tant pis, ce serait ce crétin d'Antonio, incapable de choisir le bon camp, qui paierait la note. Tout était affaire de puissance de feu et de culot. Je tablais sur le fait qu'Antonio, Vila et leurs porte-flingues à la gomme voudraient faire dans le discret. Or, le discret, je n'en avais rien à foutre. Les touristes tardifs verraient certainement avec curiosité Straub se balader avec un M 16 dans les jolies rues des Baux : pas prévu au programme. Corinne, en tailleur Chanel, avec un sac à main assez grand pour contenir un Herstall 11,43 et cinq chargeurs, serait tout de même plus discrète.

La R30, Straub allait la garer à Fontvieille, avec le moulin d'Alphonse pour lui tenir compagnie et le coffre plein de fric. La Land Rover arrêterait son voyage avec nous à cet endroit.

« Azimut gardera la R30 », avait dit Corinne.

Je repérai l'homme du Viêt-nam dans un petit café, où il devait s'abriter du mistral, le chéri. David pesait certainement plus de cent kilos de muscles. Je n'avais pas l'ombre d'une chance contre lui, s'il s'approchait de moi à moins de cinq mètres. Aussi, n'en était-il pas question.

Il ne me voyait pas. Ça me démangeait du

Colt Python de l'assaisonner là, tout de suite. Quel pied ce serait, de tuer net l'éclaireur à la gomme. Je repérai ensuite un petit blouson noir homosexuel avec de beaux cheveux blonds.

Un petit serpent à écraser tout de suite. Du reste, ça m'occuperait jusqu'à l'heure du dîner. Je ne voyais pas les autres. Sans doute arriveraient-ils plus tard.

Le petit serpent traîna au coin d'un escalier. Je compris qu'on ne lui avait pas donné mon signalement, car il me regarda approcher de lui avec un étonnement réel.

Et puis non, je me trompais : il se doutait, maintenant.

— Alors, mon pote, dis-je aimablement, tu as une tête à réussir exemplairement les fellations.

— Quoi, quoi ?

— Je suis le type que tu attends et dans la poche j'ai, bien au chaud, de quoi t'arracher les couilles.

— Mais, tu... vous êtes dingue, ou quoi ?

— T'es tout seul, mon chéri. Le gros tas de barbaque avait frisquet, il se réchauffe et ne m'a pas repéré. Ça va être pénible pour toi. Du .357 dans l'entrejambe, ça fait drôle, tu sais.

Ses yeux cherchaient du renfort et ses mains se crispaient vers sa poche. Comme nous étions seuls, je sortis le Python et le lui enfonçai sous la mâchoire. L'envie de tuer devait, dans mes yeux, être indubitable. Je le soulageai d'un très agréable Browning G.P. modèle « Capitan », version 7,65 parabellum, finition bronzée, hausse et anneau de poignée.

— Eh ben, dis donc, il te fait de jolis cadeaux, Antonio. Ça sera beaucoup plus utile à moi qu'à toi.

Le gros avantage du G.P. est la grande capacité de son chargeur.

— Je veux bien te laisser vivre, si tu fous le camp tout de suite et sans prévenir personne.

Cette fois, il fit oui des yeux.

— Raconte-moi tout, mon petit pote. Et après, tu foutras le camp. Et je te conseille d'éviter Marseille, parce que je crois qu'Antonio n'apprécie les déserteurs que très modérément.

— Je ne sais pas grand-chose, couina-t-il bizarrement à cause du canon du .357 planté dans sa gorge. Il y en a deux autres qui doivent arriver tout à l'heure et puis le patron et un autre mec, plutôt vieux, que je n'ai pas bien vu.

— Tire-toi. Je te conseille de reprendre tes études, au lieu de jouer à te faire peur.

Après ça, la nuit tomba.

Avec le mistral, j'étais transi. Jusqu'à présent j'avais évité le gros David et je voulais que ça dure le plus longtemps possible. À 8 heures moins le quart, une Rolls Royce Silver Shadow vint se garer dans le parking. D'où j'étais, j'en vis descendre Antonio, manteau sombre et chapeau sous la lumière d'un néon. Seul. Alfred et les deux autres?

Bien entendu, le plus dangereux était Alfred, qui ne manquerait pas de repérer instantanément tout autant Straub que Corinne. La Rolls d'Antonio était garée à trois voitures de la Land où poireautait Straub. Corinne, avec un tailleur Chanel et des lunettes noires, devait parader au bar de l'Oustau de Beaumanière.

Le petit restaurant dans lequel j'avais bouffé avec Antonio trois ans avant avait une salle superbe, tout un panneau de vitres donnant sur la chaîne des Alpilles.

Quand j'entrai dans la salle, Corinne était installée à une table seule, faisant semblant de lire un journal. Je notai que son sac à main était posé sur la table et ouvert. Il était prévu qu'elle tirerait sur Antonio à travers le sac. Aussi, choisis-je une table qui lui donne un bon angle de tir et m'assis-je de façon telle qu'Antonio soit de trois quarts. Je n'avais pas envie que les balles de 11,43 ayant traversé le bel Italien s'en prennent encore à moi.

Et puis, Antonio parut à son tour, me fit un sourire délicieux, avant de donner manteau et chapeau. Il y avait une dizaine d'autres clients et aucun d'eux ne ressemblait à des tueurs marseillais : la moyenne d'âge devait tourner autour de soixante-deux ou soixante-trois ans. (« Tu verras, m'avait dit Antonio trois ans auparavant, c'est fréquenté uniquement par des vieillards, super-tranquilles. »)

Le Browning G.P. était sur mes genoux, armé, sous ma serviette. Encore un repas calme en perspective. Par la baie vitrée, on voyait des lumières qui me semblaient être Saint-Étienne-du-Grès.

— Comment vas-tu? dit Antonio.

Il n'avait pas la moindre trace d'accent.

— Comme quelqu'un qui a un Browning G.P. sous la serviette. Toujours au scotch?

— Toujours au scotch, dit-il en riant.

Il avait un sang-froid absolument extraordinaire. D'un étui en or, il sortit une cigarette mentholée, se garda bien de m'offrir une telle horreur et alluma son machin avec un briquet Cartier qui devait peser dix kilos d'or pur. La gourmette de son poignet était en or et son habituel .45 Colt Government ACP, si ça se trouve, il était plaqué. Le flingue préféré à Marseille (Paolini, Marius Salvatti, « Mémé » Guerini, etc.).

Le scotch arriva et Antonio tapa dans mon Perrier.

— Où est Alfred, Antonio?

— Qu'est-ce que tu racontes? Je n'en sais rien, où il est, Alfred.

— Ce n'est pas mon avis. Le G.P. Capitan que j'ai sur les genoux, je l'ai confisqué à un petit pédéraste qui te connaît fort bien. Il faisait du tourisme dans le secteur, cet après-midi. J'ai vu aussi ton pote, David, la bonne à tout faire du Viêt-nam, le spécialiste de la torture à l'électricité. Je sais qu'il y en a encore deux autres, plus Son Excellence Alfred Vila soi-même. Vila t'a baisé comme il a baisé Pascal Genovesi, en te promettant une bonne partie du pognon que je garde jalousement, c'est ça?

Antonio n'avait pas bougé, sa bouche continuait de sourire dans la barbe bien peignée, mais les yeux ne riaient plus du tout. Je vidai mon verre.

— Alfred m'a demandé de servir d'intermédiaire, dit Antonio.

Comme menteur, il se posait là.

— Et alors? C'est pour ça que vous vous êtes déplacés avec tout ce monde-là?

— Disons que c'est pour te faire sentir que le rapport de forces n'est pas en ta faveur, susurra-t-il.

— Émouvant. Je vais prendre le filet de bœuf. Et toi?

— Oui, mais pas trop bleu. Et la terrine avant. Pour le vin, je te laisse choisir, je ne me débrouille vraiment pas bien.

Le rapport de forces... Enfin, tout de même, Vila savait bien que nous étions au moins deux. Ça avait fait sept morts toutes taxes comprises.

— Vila et toi, vous me prenez pour un con, notai-je. Enfin bon: qu'est-ce qu'il propose, Vila?

— Il demande les trois quarts.

— Je t'indique que si tu te fais piquer en compagnie de Vila, au mieux c'est dix ans derrière une lourde. Le plus probable, c'est une rafale de MAT 49 dans ta belle Rolls Royce avec toi dedans.

— Alors? C'est non?

— Évidemment que c'est non. J'ai eu de gros frais et j'ai décidé de tout garder pour moi. Et malheureusement, Antonio, c'est toi qui vas trinquer le premier et tout de suite.

Je hurlai le « tout de suite ». Pour Corinne.

La conversation s'arrêta là et le repas aussi. Antonio fit le geste de se lever pour sortir son flingue plus facilement. J'entrevis juste l'éclat nickelé du 11,43, Corinne prenant son poignet. Deux coups. Je me jetai à terre. Antonio Farnese fut projeté sur la table qui me bascula dessus.

Surgit à la porte un grand noir qui trimbalait un fusil de chasse à canon scié. À moitié planqué derrière la table renversée et le corps d'Antonio d'où giclait encore un sang que je trouvais trop noir, trop fluide, j'expédiai dans la direction du noir trois balles : G.P., pour « Grande puissance » ; en effet : le noir recula carrément, faillit remonter une marche. Virtuellement, il était déjà mort, mais il appuya quand même sur les détentes liées de son Manufrance et la double décharge de chevrotines alla massacrer une bonne vingtaine de bouteilles au-dessus du bar. Tout cela se passa très vite. Après, il y eut un silence effroyable. Grand mystère du Seigneur : aucun client n'était touché. Corinne, splendide, balaya la salle, le nez frémissant.

12

Elle avait pas mal changé, Corinne Detwiller. Le tailleur Chanel gris lui allait vraiment bien et elle avait prévu des bottes à talon plat, signe d'astuce. Restaient les autres. L'astuce, l'astuce. Les ramener où les amener vers le parking.

Je sortis le premier du restaurant, sûr d'être atteint et roulai par terre jusqu'au mur d'en face. Personne ne tira. Au-dedans, les clients et le personnel commençaient à s'émouvoir : la gendarmerie la plus proche était à Saint-Rémy, pas dix kilomètres.

— Vas-y, dis-je à Corinne, à voix relativement basse. Joue les affolées et attends-moi au-dessus du carrefour, là-bas.

Tu vois ; elle voyait.

Elle sortit en hurlant et se mit à cavaler en dégringolant la ruelle pavée. Le mistral persistait. Où étaient les autres ? Vila, David et le dernier, que je ne connaissais pas. Tout ça était en train de merder. Dans les cinq minutes qui venaient, ou bien je déglinguais Vila, ou bien il n'y avait plus qu'à lever l'ancre et à recommencer. Ailleurs. Où, quand? Où était Alfred, là-dedans? Ils ne pouvaient pas me tuer, parce que j'avais le fric. J'éclatai de rire, à cette idée. Moi, par contre, je n'avais pas à me gêner.

Ils se mirent à commettre des erreurs. Ainsi, l'énorme David, l'homme du Viêt-nam, se matérialisa soudain à dix mètres de moi avec, à la main, ce qui me parut être un de ces bons vieux P-08 parabellum.

Il était planté au milieu de la rue, tout con. Il devait vouloir m'impressionner. Il dit :

— Lâche ça et amène-toi.

C'était quoi? Un piège? Sûrement un piège. Il ne faut jamais finasser. Il était à six mètres, maintenant. Et je vis une silhouette confuse dans une rue latérale. Je reculai de trois pas, me collai de nouveau au mur.

— Tu ferais mieux de te tirer, dis-je en donnant à ma voix un son terrifié.

Encore un qui allait mourir d'auto-surestimation, maladie courante dans la difficile profession de gangster. Il est vrai qu'il ne devait pas comprendre grand-chose. À leur place, je me serais tiré vite fait et j'aurais analysé la situation et ses surprises : leur « patron » craqué net avant quoi que ce soit, ça pouvait faire penser. Mais non : le crétin avançait toujours. Prétendait-il me séduire? Il avançait en se dandinant, extrêmement dangereux. Il n'était plus qu'à six mètres de moi. Il ne pouvait pas aller plus loin, mais il disait, susurrant et grotesque :

— Allez, gars, donne.

En tendant la main.

C'était l'autre main, qui m'intéressait, celle portant le P-08. Il y a des discussions interminables entre spécialistes autour de la question de savoir si la légèreté du canon est un facteur positif. Pas ce genre de problèmes spéculatifs, de mon côté.

— Stop, dis-je. Tire-toi.

Il dut trouver que ma voix n'avait plus la même sonorité angoissée et une légère lueur d'inquiétude (à ce que je crus voir) se manifesta peut-être dans son œil droit (celui qui brillait à la lueur d'un réverbère).

Mais il avait toujours envie de tâcher d'exercer sur moi ses talents de dompteur ; ça ne pouvait que mal finir. Du reste, je déteste ce genre de types, il faut bien l'avouer. Pas de la haine, non, de la détestation, sans plus. Il y a des degrés en tout, n'est-ce pas ?

Bref, il fit de nouveau un pas, avec ostentation. Mon index droit exerça une pression d'environ quatre kilos cinq cents sur la queue de détente du Capitan. C'est le seul effort que je fis : la balle de 7,65 attrapa le gros David exactement en dessous du cœur. Cent et quelques kilos de chair mourante s'arrêtèrent sur place, puis esquissèrent encore un embryon de pas en avant. Ensuite, tout cela s'effondra. Je récupérai le P-08. Si ça continuait comme ça, la récolte en pistolets automatiques serait bonne, cette année.

Je dégringolai à toute vitesse vers le parking.

Le pays commençait à s'ameuter. Un type venait droit à ma rencontre et il me tira dessus. Je me jetai sur le côté en reconnaissant le bruit particulier d'une Uzi, arme affectionnée d'Alfred, extrêmement dangereuse. Dans trois minutes, on aurait un escadron de gendarmerie au cul et toujours pas trace d'Alfred. Je sortis le Colt Python en me demandant où était Erich. Il était juste en dessous de l'homme à l'Uzi, parce que j'entendis hurler le M 16.

Je sortis de ma planque comme un dingue, manquai de me jeter dans Straub.

— Où est Alfred ? demandai-je.

— Les flics, par contre, je sais où ils sont. À quatre bornes d'ici. Ça va pas être long.

— On va encore le rater.

— On lève l'ancre, dit Erich Straub, qui reprenait mes belles métaphores.

Je lui échangeai le M 16 contre le P-08 et enclenchai un nouveau chargeur. Les rues étaient vides. On déboucha sur le parking.

Vila.

Lui aussi cavalait devant nous. Je mis bien trois secondes à comprendre que c'était lui. Il filait comme un rat. J'arrivais aux premières voitures ; il nous vit, tira à son tour. Mais le canon d'un Smith & Wesson est trop court pour que la précision soit sérieuse au-delà des vingt mètres, quand il s'agit d'un Centennial ou d'un Bodyguard. À vue d'œil, sous les lampadaires, c'était avec ça qu'Alfred tirait. Très insuffisant. Je lâchai un chargeur de M 16. Les .223 Remington hachèrent quelques carrosseries et ça ne servit à rien.

Vila dans le parking. Nous, arrivant dessus et la gendarmerie nationale sûrement en train de monter. Ça tournait doucement au merdier.

Corinne parut, les yeux fous, le tailleur dans tous les sens et pieds nus. Ses bas de bourgeoise étaient des loques et la jupe était déchirée. Tout allait bien.

— Repli stratégique, dis-je.

Au milieu du parking, il y eut un bruit de démarreur. Une Golf GTI sortit d'une travée de bagnoles tellement vite qu'en prenant le virage, elle heurta une voiture stationnée en face. Vila fit hurler ses pneus.

Il ne nous restait plus qu'à foncer.

Corinne s'installa à l'arrière de la R 30 avec le chat Azimut. Straub à l'avant. Pour la première fois, je ne savais pas trop où aller et regrettais la Land Rover restée sur le parking des Baux. Le SRPJ du secteur ne tarderait pas à la visiter et je faisais confiance aux spécialistes pour faire rapidement comprendre aux gens de la B.R.I. comment on s'était moqué d'eux depuis une bonne quinzaine de jours. J'étais épuisé et visiblement Straub et Corinne aussi.

— Ça va durer longtemps? demanda Straub.

Apparemment, l'idée de traquer Vila éternellement ne l'emballait pas.

Il y eut un silence puis Straub dit :

— Je vous invite chez moi.

Hein ? Pour nous refaire le coup de ses copains écolos, merci. D'un autre côté, il fallait tirer des plans. On ne pourrait pas éternellement se canarder (par personne interposée, il est vrai), Vila et moi, pendant cent sept ans. Du reste, je pensais que Vila, avec un nouvel échec et quatre cadavres de plus entre nous, ses petits copains allaient peut-être en avoir ras le baquet.

Entre le moment où Corinne avait écrabouillé Antonio Farnese et l'entrée d'Arles, il s'était passé au plus une demi-heure. C'est Corinne qui exprima l'avis général :

— On ne peut pas se faire deux trois nuits tranquilles dans un petit hôtel où personne ne viendra nous emmerder ?

C'était d'une imprudence extrême. Cette fois, les flics allaient tout ratisser, taraudés par les journalistes. Et leur ministre, bien entendu. Et le reste, j'en passe et des meilleures.

— D'accord. On va chez Snowston.

— Hein ?

Il y avait beaucoup de circulation dans Arles, mais aucun flic. On gardait la marge de manœuvre. Où était Vila, maintenant ?

Lord Johnston Malmbury of Snowston, ni plus ni moins. Arles, Salon, Aix-en-Provence. Mais, neuf kilomètres avant Aix, je remontai à gauche sur Cadenet et suivis la rive droite de la Durance pour retrouver la route de Sisteron bien au-delà d'Aix.

Straub qui fumait comme un pompier avait compris le manège.

— Tu crains un barrage à l'entrée d'Aix?

— Oui, c'est un classique.

— On serait passé tout de même, dit Straub rigolard en caressant le M 16.

— Mon cher ami, tant que les gangsters s'entretuent, pour les flics, certes, c'est une noble activité, conforme à leur mission et vu tout ce qu'on a déglingué comme diverses ordures depuis quelque temps, sans doute, au fond d'eux-mêmes, nous remercieraient-ils plutôt. Un Proc, non; ces gens-là ont pour fonction de ne rien excuser; mais des flics... Mais il est *essentiel*, au contraire, dans notre métier, de ne jamais tirer sur un flic. Ça les rend fous, notoirement. Ça leur réveille, à juste titre, des instincts de vengeance. Dans notre cas, il est parfaitement contre-indiqué d'avoir au cul l'instinct de vengeance de la Brigade de Recherche et d'Intervention. Jusqu'à plus ample informé, ça n'a réussi à personne.

— Et s'ils te tombent dessus?

— Jusqu'à présent, j'ai fait le maximum pour que cela n'arrive pas.

— T'es quand même un drôle de type, dit Straub. Tout le monde rêve d'en découdre avec les poulets.

— Eh bien, rêve de cela, mais loin de moi; parce que tu ne le rêveras sûrement pas longtemps. Je t'indique qu'eux aussi tirent au .357 et les sommations, ça peut s'égarer dans le ciel vaste et beau. Je n'aimerais pas être dans la peau de Vila, s'il se fait piquer et que les flics apprennent qu'il a abattu pour le plaisir un maréchal des logis-chef de gendarmerie.

Je sentis que se fabriquait tout seul autour de ma bouche un sale rictus et j'ajoutai :

— Mais, de toute façon, Vila, il est à moi.

— Où est-ce qu'on va ? demanda Corinne, qui devait en avoir ras le bol de mes discours.

— Vers Barcelonnette, chez un ami à moi qui tient un très bel hôtel très calme et très chic, où viennent tranquillement forniquer des tas de gens indiscutables : députés, sénateurs, etc. J'y vois mal une descente de police.

— Ah. Et, sur celui-là, on peut y compter ?

— En principe, oui. Il n'est pas du style à traficoter avec des mecs comme Vila : il le trouverait beaucoup trop vulgaire.

— Je crève de faim, dit Straub.

À Manosque, il y avait une cabine téléphonique allumée. Miracle : ça marchait et j'avais de la monnaie. Tout cela était bon signe.

Ça sonna trois fois et une voix féminine, chaude et un peu rauque dit :

— Allô ?

— Bonsoir, je voudrais parler à Johnston.

Straub s'était mis au volant. Derrière, je vis briller un instant le nickel du 11,43. Prudence, prudence. On n'est pas plus exposé que dans une cabine téléphonique illuminée dans la nuit.

— De la part ?

— Dites-lui que c'est de la part de Gidea Park.

— Hein ? Pardon ?

— De Gidea Park.

C'est là, dans la banlieue de Londres, à Romford, exactement, que j'avais rencontré Johnston pour la première fois. Nous avions braqué un trafiquant de devises qu'un petit yacht allait emmener de Swanage à Guernesey. Il n'avait pas su que c'était Johnston, son commanditaire, qui avait arrangé le coup. Mais, après ça, Johnston avait jugé prudent d'aller exercer ses divers talents en d'autres lieux que Soho.

— Bonsoir, dit Johnston.

— J'ai des soucis, dis-je.

— Bien entendu. Je ne vois pas pourquoi sinon tu téléphonerais. Tu es seul ?

— Nous sommes trois, plus un chat.

— Un chat ? *Fantastic*. De quelle couleur ?

— Un vrai noir.

— Eh bien, tu es le bienvenu. Géraldine est précisément en chaleur. Siamois plus européen unicolore, ça doit faire des petites bêtes très jolies.

— Dans deux heures, Johnston.

— Vous aurez dîné ?

— Non.

— À tout à l'heure.

C'était exactement de Johnston, de parler de chats dans ces cas-là. Sa façon à lui d'être discret. Nous repartîmes, Straub au volant. Je mis une cassette de Magma et Corinne dit qu'elle aimait cette musique torrentielle, parce que ça lui faisait peur. Je craignais des barrages autour de Gap, vers Tallard, par exemple. Aussi, fis-je prendre Straub à droite, traverser la Durance, contourner Digne, également. Ensuite, nous devions être à peu près tranquilles.

À 11 heures moins le quart du soir, Straub me rendit le volant pour attaquer la petite route du col de la Cayolle. Tombèrent quelques flocons; l'air était d'une pureté extrême. Le « Château des Tours », s'appelait le semi-bordel de luxe de Lord Johnston Malmbury of Snowston.

Un vrai château avec un air vaguement féodal et néogothique au milieu des sapins. Traces d'une légère neige un peu partout. Quatre voitures étaient garées : une Porsche immatriculée à Milan, une Mercedes de la Confédération helvétique et une 604 des Alpes-Maritimes, en dehors d'une Jaguar qui ne pouvait être que celle de Johnston lui-même.

— Tu es sûr de lui? demanda encore Straub.

— Tout cela est relatif, mais je lui donne une bonne cote.

— Allons-y.

Je fermai tout précautionneusement à clef et nous marchâmes tous les trois vers l'énorme porte.

Johnston lui-même vint ouvrir. Derrière lui, un petit type au charme scandinave qui devait être son amant actuel. Il me déplut immédiatement et je jugeai qu'il était chargé. Mais cela, c'était normal. Il devait servir à Johnston de garde du corps. Et dans tous les sens du mot.

— Je vous présente Sacha, dit Johnston. Et faites attention, c'est la plus parfaite des hypocrites petites salopes que j'aie jamais rencontrées. Il ne comprend que la cravache, ajouta-t-il en souriant.

Straub, qui est un pudique, rougit violemment. L'homosexualité sadomasochiste, ça ne devait pas être son style. « Mon père était pasteur », allait-il sûrement se décider à dire. Pour un Alsacien, quoi de surprenant ?

Johnston avait vieilli : les cheveux roux jaunissaient et la peau était malsaine. Seuls, les yeux verts étaient restés eux-mêmes : impénétrables et cruels.

Présentations. Ridicule. Mais Johnston est d'un formalisme extrême.

Corinne tendit la main. Elle disparut entièrement dans l'immense paluche. Straub se contenta d'un léger signe de tête.

À gauche un salon typiquement britannique. (Sauf qu'il paraissait y faire chaud et que les bûches qui brûlaient dans la cheminée n'étaient pas en toc.) À droite, une porte fermée sur ce qui devait être la salle à manger.

— King vous a préparé quelque chose dans mon salon privé, dit Johnston qui marchait devant.

Je ne demandai pas qui était King.

— C'est la fin de la saison, dit encore Johnston. Du reste, le *signor* Fuchessi s'en va demain matin.

Encore un salon, à droite. Un type regardait la télévision. Il était gros, apoplectique.

Johnston commenta :

— Un Teuton de Francfort à qui j'ai fourni une rousse sensationnelle. Mais elle doit l'épuiser tellement qu'il a la trouille de monter se coucher.

Ça ne fit sourire que Straub.

Nouvelle porte; salon design ultra-moderne; cuir partout; bar; et derrière le bar, une créature fabuleuse. Il est vrai que Johnston marche aussi bien à la voile qu'à la vapeur. Il me sembla entendre grincer les dents de Corinne, examinant furieusement cette copie conforme de Raquel Welch.

— Je vous présente King.

Quand elle parla, je reconnus la voix au téléphone. La haine de Sacha était littéralement perceptible. Elle, royalement, avait l'air de s'en foutre.

— Mon petit Sacha, c'est l'heure d'aller donner de l'air aux chiens.

Politesse exquise pour dire « fous le camp ». Qu'est-ce que Johnston s'embarrassait d'une petite crevure pareille? Ah! les sentiments, monsieur, les sentiments. Bon.

Nous tombâmes les blousons. Johnston ne fit aucun commentaire en apercevant le P 08 que Straub avait glissé dans sa ceinture et le Python que je portais moi-même en holster. Le Capitan était dans la boîte à gants fermée à clé de la R 30.

— Toujours du bourbon ? demanda Johnston.

Il y eut un silence, meublé de bruits de glaçons et de flacons. C'est King qui préparait cela.

Finalement, Johnston s'assit à son tour. Et attaqua :

— Où vous en êtes ?

J'éclatai de rire.

— Je n'ai pas la moindre idée, mon pauvre ami. Nous en sommes partout et nulle part. On entasse les morts derrière nous. On ne peut même plus compter. Par exemple, aux informations de 7 heures, demain matin, tu apprendras le décès parfaitement violent d'Antonio Farnese et de trois ou quatre de ses porte-flingues. Ça se passait vers 8 heures, ce soir, aux Baux-de-Provence.

— Antonio Farnese ? Bon débarras. Après ?

— Tu as déjà entendu parler d'Alfred Vila ?

Les yeux de Johnston s'éclairèrent.

— Ah ! D'accord. Tu lui as piqué combien ?

— Pas mal, merci. Mais j'ai surtout flingué deux de ses frères et comme ils étaient trois !

— Ce vieux con se prend pour un justicier ?

— Il a d'abord trouvé des troupes à Grenoble, auprès de Pascal Genovesi. Mais on les attendait à la grenade et au M 16.

— Ah oui, dit Johnston qui commençait visiblement à trouver ça tout ce qu'il y a de comique. Il est vrai que tu ne lésines pas sur les moyens. On passe à table? Il y a un peu de saumon fumé et du haut-brion 52.

Straub avait l'air méfiant, observait King. Johnston dit :

— Monsieur, notre commun ami ici présent m'a sorti d'une situation extrêmement déplorable, il y a maintenant trois ans. Il peut me demander ce qu'il veut et vous n'avez aucune crainte à avoir.

Il nous servit lui-même le saumon et Straub m'interrogea du regard. Corinne, absente, s'empiffrait. Elle avait posé son sac ouvert sur la table. Irrésistiblement, les yeux de la très belle King furent attirés par cet objet ouvert, béant et mou. J'observai que ses yeux se rétrécissaient légèrement et qu'elle regardait Corinne différemment.

— On ne dirait pas, hein? En apparence si fragile. Avec du 11,43, il faut un sacré poignet, dis-je en souriant de façon très rassurante.

— Johnston? dit-elle.

— Oui?

— Tu ne crois pas qu'ils jouent à Bonnie and Clyde?

Je lus dans sa voix quelque chose de trouble et elle vint s'asseoir près de Corinne qui la regarda avec étonnement.

— Je ne vous dégoûte pas? demanda Corinne.

— Qu'est-ce que tu comptes faire maintenant?

— Ton haut-brion est exceptionnel.

— Pourquoi ne pas attirer Pascal Genovesi dans un piège ? (Ça, dans le brouhaha, c'était Straub).

— Comment faites-vous pour vivre...

— Quelle sorte de piège ?

— Faites moins de bruit, il ne faut pas réveiller les clients.

— Mets-nous de la musique, King. Tu sais, ce concerto de Saint-Saëns.

Straub s'arracha littéralement de son siège et fonça sur la porte, le P-08 déjà prêt à tout saccager, vivant ou mort.

Mécaniquement, le Herstal était dans la main de Corinne et le Python dans la mienne.

Il n'y avait personne derrière la porte de moquette bleue avec cadre nickelé. Un peu voyant dans le genre discret. Exactement Johnston.

Straub revint s'asseoir et me tendit son verre. La très belle King mit le concerto de Saint-Saëns. Et revint s'installer à côté de Corinne qui, de son côté la regarda bizarrement. Mais ce n'était pas de la haine, non. Une sorte d'étonnement.

— Et si tu laissais tomber ? dit Johnston en ouvrant la deuxième bouteille de haut-brion.

» Je suis vraiment navré, ajouta-t-il, il aurait fallu l'ouvrir hier.

— C'est assez criminel, dis-je, mais entre nous... il le comprendra.

Johnston sourit à sa façon. Quand il essayait de produire sur ses lèvres minces un sourire chaleureux c'était toujours catastrophique.

— Philharmonique de La Haye, Roberto Benzi, dit Straub qui me terrassa.

— En effet, dit Johnston. Vous avez des objections ?

— Pas du tout, dit Straub en mettant la main sur le livarot.

Tout ça était d'un mondain.

Johnston sortit son marc de champagne et une boîte de la Flor de la Isabela qu'il tendit à la ronde.

— Il y a trop de morts, maintenant, entre Alfred et moi, dis-je en renonçant au joli cigare. La situation est très simple et beaucoup trop embrouillée. Ça ne prendra fin qu'avec la mort d'Alfred.

Johnston :

— Admettons, bon. *Good*. Mais vous supposez aussi que Pascal Genovesi sait où il dort ?

— Oui.

— *So*. Et tu veux que j'invite ce gros porc ici ?

— Je ne t'ai rien demandé, Johnston. C'est déjà très bien d'être ici.

— *I see*. King, éteins la musique. *Do you believe Pascal knows the connection between us ?*

Johnston était plus troublé qu'il ne voulait paraître. Il revenait à l'anglais. *Queen's English* certifié ; tout dans le nez.

— *It couldn't be. He didn't even know any kind of connections between Alfred and me, till I phone. Careless.*

Straub nous regardait comme si nous avions été les habitants d'une planète inconnue et très dangereuse.

— *Careless*, répéta Johnston sur un mode dubitatif.

Il y eut le claquement du bras de la platine qui revenait, très léger. Dans le silence revenu, Straub dit :

— Pas nécessairement un rendez-vous ici.

— Où ?

— Où il voudra. Par exemple, Briançon. Il suffit de définir un coin tranquille.

— Ah oui, tranquille, dit Johnston, qui cette fois, réussit un vrai sourire (mais c'était terrifiant). Oui, tranquille. C'est vrai, tu préfères toujours la campagne.

— C'est tellement plus calme, dit Straub. Avant, j'étais plutôt un homme des trottoirs ; mais la campagne, je suis converti. C'est tellement plus sain.

— Oui. On peut y tuer beaucoup plus facilement, confirmai-je. Il y a tellement d'endroits déserts dans ce pays ; on n'imagine pas.

King me fixa un instant, puis son regard alla à Corinne. Il me parut que le menton avec la très jolie fossette tremblait un peu. Johnston refit le plein de marc de champagne.

— Pour décider Pascal, il suffit de lui faire une offre vraiment intéressante. Il sautera sur n'importe quoi si le chiffre est gros.

— Quel con ! dit Johnston.

— Oui.

— Je téléphonerai demain matin. Terminez gentiment. King vous montrera vos chambres. *Good night*.

Corinne, visiblement, commençait à son tour à s'endormir. Après tout, elle avait commis un meurtre dans la soirée; c'est épuisant, ces choses-là.

— Venez, dit King en lui effleurant curieusement l'épaule; je vais vous montrer la chambre.

Straub se resservit en marc, pour la cinquième fois. Il avait pris une voix à peine pâteuse, certes, mais quand même. Il me piqua une cigarette et dit :

— Il y avait quelqu'un derrière la porte. Sûr.

— Le joli petit homosexuel?

Straub haussa ses épaules de balèze, attrapa de nouveau le marc de champagne. S'il n'aimait pas ça, on pourrait toujours lui faire boire de l'huile de foie de morue.

— Ce serait ennuyeux, s'il lui venait à l'esprit de téléphoner à Pascal Genovesi.

— On le saura très vite, dis-je.

J'allai au bar et me tapai un monstrueux bourbon-Perrier.

— Eh, dit Straub.

— Oui?

— Ça ne te tracasse pas de flinguer tout le monde, comme ça?

Que répondre? Que je ne flinguais pas des abstractions? Ou encore : il voulait que je lui raconte ma vie et pourquoi j'en étais là? Straub en psychanalyste! En psychologue scolaire, à la rigueur.

13

J'allai chercher dans la R 30 le fric, le M 16 et le chat Azimut. L'air était vif dans la nuit. J'offris une nouvelle Pall Mall à Straub.

— Les flics vont devenir fous, dit Straub.

— Oui. Encore une fois, tu devrais laisser tomber.

— Et toi ?

— Moi ? Rien. Je n'ai jamais eu de contact avec le Milieu. Ou, en tout cas, toujours dans le bon sens : je sais où les trouver, mais eux non, ils ne savent pas où je suis. D'ailleurs, ajoutai-je avec un ricanement léger, je suis nulle part. Quand les flics n'ont pas d'indics, que veux-tu qu'ils fassent ? Des barrages ? Ils ne peuvent pas les tenir tout le temps. Laisse tomber, Erich. Demain, va t'acheter une voiture et casse-toi. Tu as largement payé ta dette, tu n'as pas à te faire de soucis de ce côté-là.

Emmerdé, Erich Straub, emmerdé comme c'est pas possible. Le mégot partit de ses doigts et fit une belle trajectoire rouge dans la nuit.

— On n'en sortira pas, dit-il enfin. Mais j'aime mieux rester. Tu cherches quoi ? Sûrement pas Vila. Quoi ?

Mon mégot, à son tour, partit en rougeoyant dans la même direction. J'avais envie de pisser. Nous urinâmes en chœur. Dans la nuit, c'est curieusement bruyant.

— Je ne cherche rien, dis-je, mets-toi ça dans le crâne.

Je pris Azimut et le M 16. Straub le fric. Azimut miaula. Il devait crever de faim. Il attendrait demain matin. On repéra un escalier, on monta. Il y avait une porte grande ouverte sur une chambre magnifique, entièrement Louis XVI.

— Ça doit être pour toi, dis-je. Et la lueur sous la porte, là-bas, c'est pour moi. Tu as la charge du M 16 et du fric. Moi, je prends le chat.

Il me regarda d'un drôle d'air, étonné de la confiance que je lui faisais. Je dis :

— De toute façon, quelqu'un, un jour, me tirera bien dans le dos. Dors bien.

Il y avait de la lumière dans la chambre, également en Louis XVI, avec beaucoup de tentures vieil or. Corinne était dans la salle de bains. Avec King. Elles étaient nues toutes les deux. Corinne était assise sur un tabouret et King lui frottait le dos avec une serviette.

Du plus bel effet. Azimut, qui ronronnait dans mes bras (qu'est-ce qu'on fout avec un chat ?) voulut considérer l'affaire de plus près immédiatement. King n'était pas du genre à faire illusion à l'état vêtu. Au contraire; un mètre soixante-quinze de viande parfaitement répartie, bronzage intégral, pas le plus petit défaut qui aurait pu rassurer les mortels. Entre elles, circulait un courant particulier. Qu'il circule. Je voulais dormir à peu près deux siècles. Je leur fermai la porte au nez et m'effondrai. Azimut faisait sa toilette.

Je me réveillai, *à un moment donné*, évidemment. Dans la nuit absolue avec une soif effroyable. Dans ces cas-là, le plus simple est d'aller boire. Je bus. Corinne n'avait pas bougé. Atmosphère familiale.

Quatre heures et demie du matin. Pourquoi est-ce que j'avais une érection notoire? Je passai un blue-jean et allai à la fenêtre. Mes deux siècles de sommeil, pour l'instant, ça faisait une petite heure.

Il y a des moments comme ceux-là : d'une effroyable lucidité. C'est toujours la nuit. Quelque chose vous réveille; oh non, pas un sixième sens, une certitude : quelqu'un téléphonait.

— Corinne? Habille-toi.

Elle ne dit pas un mot, sauta mécaniquement dans ses boots et à un léger bruit, je sus que le Herstal était tout près d'elle. J'avais les dents soudées.

Le Python à la main, je filai pieds nus sur la moquette du couloir. J'aurais bien fumé une cigarette. Lumière éparse, diffuse et glauque depuis une petite lampe à mi-étage. En me penchant par-dessus la balustrade, j'entendais un murmure et cette voix était celle de Johnston. Pourquoi téléphonait-il à une telle heure ? Johnston avait oublié à quel point les sons portent dans la nuit. Je mis un moment à me repérer. À la fin, j'entendis.

— ... Non, non. Au moins trois jours...

Un silence. On parlait à l'autre bout.

— ... Se sentent en sécurité... Oui, oui, il est là, dans leur chambre, je pense... Hein ?... Bon. Demain, non, ce soir. Vers les 7 heures... On peut compter sur Sacha sans aucun doute.

Je n'ai pas besoin de dessin. Johnston, à son tour, trahissait paisiblement. Ce qui était dans notre chambre et qui faisait problème, ce n'était certainement pas le chat Azimut, mais deux trois sous qui nous restaient.

Je poussai la porte de Straub : il était habillé, fumait dans le noir. Il dit :

— Ça se passe comme prévu ?

— C'est ça, oui.

Je ricanai.

— Tu es sûr ?

— Oui. Encore des gens qui sont en panne de liquide. Ça tient toujours, ta retraite en Italie ?

— Bien sûr, dit Erich. Ça me paraît même la meilleure solution.

Corinne se détacha dans la porte, ombre noire sur les tiédeurs jaunes et paisibles du couloir.

— Le jeu de la nénette, là-dedans ?

— King ? Pas de jeu, je crois, dit Corinne.

Je ne dis rien, parce que je n'en savais rien.

— À qui téléphonait-il, ton pote ?

— À Genovesi, certainement. On peut prendre la bagnole, aller tout de suite à Grenoble et lui régler son compte.

— Ça n'est pas plus bête qu'autre chose.

Soudain, une lassitude. Il fallait que ce soit bientôt fini.

— Les chefs prennent toujours des décisions rapides, dis-je en ricanant. On passe tout de suite en Italie, sans dire au revoir. Exécution immédiate. Moi devant avec le M 16, Corinne, la valise et le chat. Erich, tu fermes la marche. Tu tues tout ce qui se présente et qui même ne discute pas.

Cela mit quatre minutes : on était repartis. J'arrivai le premier à la porte d'entrée. Je fis demi-tour, sortis de ma poche le Laguiole superaiguisé et coupai quinze centimètres de fil téléphonique. Je ne refermai pas le couteau parce que la pointe m'en serait utile pour dégonfler un certain nombre de chambres à air. Si j'avais le temps.

Straub arriva le dernier, descendant l'escalier à reculons. Ni Johnston, ni son petit copain n'oseraient bouger, vu notre puissance de feu. Parce qu'il était impossible qu'ils ne nous entendent pas. Moi-même, j'entendais le ronronnement d'Azimut que je distinguais vaguement sur l'épaule de Corinne, à six mètres, encore au milieu des marches.

La porte s'ouvrit et une voix (féminine) dit :

— Je pars avec vous.

Un hurlement :

— *You stay here!*

Facile de voir que c'était Johnston.

J'entendis Straub qui disait :

— Venez. Vite.

Pendant que je disais à Corinne :

— À la voiture, démarre-la et tourne-la. Ça va se passer très vite.

Corinne fonça. King dégringolait les marches, *nue*, complètement et les mains bizarrement derrière le dos.

— Attention, dit Straub.

Il y eut une détonation, tirée du haut de l'escalier, j'entrevis la flamme de départ et la balle vint se ficher dans le mur deux mètres au-dessus de ma tête sans avoir traversé aucun corps humain. Pourvu que ça dure. J'entendis à l'instant même ensemble le démarreur de la R 30 et les deux détonations du P-08 de Straub, qui dégringolait l'escalier en même temps. Dans le genre paisible, ça se posait là. Les clients devaient croire que le ciel tombait vraiment sur les têtes. Quant à Johnston, un seul diagnostic : tombé raide fou.

Straub me dépassa, tirant King comme un dément. Du gravier, dehors, vola sous les pneus de la 30 qui dérapa net et repartit en marche avant : fin prête. Je vis un mouvement en haut de l'escalier et tirai dix coups de M 16 qui allèrent tout ravager, y compris sans doute une certaine quantité de muscles, d'os et de glandes diverses à l'instant même éparpillées sur la moquette chinée. Mais ça, je n'étais pas sûr.

Avant même d'arriver à la portière arrière de la R 30 ouverte, je lâchai par sécurité le reste du chargeur vers la belle porte de M. Johnston. Du hachis.

Corinne fit patiner une R 30 comprenant, dans le désordre, beaucoup d'argent français, un chat, une femme nue les mains attachées dans le dos et le corps couvert de traces de cravache, un fusil d'assaut américain et quelques autres bricoles. De quoi surprendre un douanier moyen.

Je dis à Corinne :

— À gauche en bas, et tranquillement jusqu'à Guillaumes. Sitôt que tu auras le temps ou l'occasion, tu me rendras le volant : on a quatre-vingts kilomètres à faire sur des routes minuscules en une heure et quart.

Au moment où nous nous mettions à dégringoler le long du Var naissant, Corinne me laissa le volant et je me mis à rouler comme un fou.

— Tu sais toujours où tu vas? demanda Straub.

— On va passer la frontière au col de la Lombarde. C'est toujours désert. Si ça n'est pas désert, on tuera tous les douaniers.

Après Entraunes, la route devenait un peu plus droite. On pourrait faire changer les plaquettes en arrivant en Italie. Heureusement que le sol était sec. J'aurais bien voulu demander à King ce qui lui était arrivé.

À 5 heures du matin, nous retrouvions la 21

qui dégringole *en Italie* depuis le col de Larche. Six heures moins le quart, traversée de Cuneo endormie. Je pris la route de Milan et m'arrêtai après un petit village incolore, inodore et triste.

Corinne dormait. King, vêtue de n'importe quoi, regardait fixement devant elle : la jolie lèvre était éclatée et un hématome noircissait et verdissait sur la pommette gauche.

— Ça va mieux ?

Elle fit un vague mouvement des cils qui paraissait avoir une signification positive.

— Tu vas jusqu'à Côme, dit Straub. Après, je sais.

Turin, 6 heures et demie ; Turin-Milan, cent trente-deux kilomètres, cinquante-cinq minutes. J'hésitai un bon moment dans un dédale d'autoroutes, me souvins juste à temps que c'était la direction de Bellinzona et du Saint-Bernard : ça alla tout de suite mieux. Je pris de l'essence avec une carte de crédit. À 10 heures, sous le soleil glacé, on prenait un petit déjeuner considérable à Tremezzo et deux flics de la Polizia Stradale regardaient avec étonnement les plaques andorranes de la R 30 garée en face.

— La merde, dit Straub. La grosse merde. On n'aurait jamais dû s'arrêter.

— Je ne vois pas pourquoi. Je vais y aller voir en parlant un mélange furieux d'espagnol, de catalan, d'italien et d'allemand.

— Tu crois ? King n'a aucun papier.

— Ah bon ? Parce qu'ils savent combien nous sommes ?

J'y allai. Le tout étant qu'ils n'ouvrent pas le coffre, ou un truc comme ça.

Je pris un air interrogateur :

— *Signore ?*

— *Si ?*

— Votre voiture ?

— *Si.*

— Vous n'avez pas le droit d'être garé là.

C'était un grand qui avait une tache de graisse sur sa vareuse et des yeux d'éthylique avéré. Le petit, à côté, tripotait le guidon de sa moto.

Je fis oui de la tête et il me demanda les papiers de la voiture. Pourvu qu'ils ne me demandent pas d'ouvrir le coffre : ça serait très désagréable d'avoir la mort de deux *carabinieri* sur le dos.

Le cachet de la douane française sur le passeport andorran parut leur suffire. Ils ne s'étonnèrent même pas qu'il n'y ait pas d'entrée en Italie : je retournai à mon café en pensant à Pascal Genovesi.

La maison de Straub était placée sur une hauteur splendide, entourée de montagnes, à cinq kilomètres de la frontière suisse, bien au-delà de Chiavenna.

Straub était ravi de nous faire les honneurs d'une maison qui sentait nettement le renfermé : un chalet ultra-moderne meublé avec un goût des plus discutables : le « design » vieillit très vite mais Straub sortit une bouteille neuve de bourbon et du Perrier tiède. Pays de connaissance, en somme.

— Explique, dis-je à King.

Elle avait pris du bourbon elle aussi. Beauté toujours aussi parfaite. Elle regardait son verre. Puis elle tourna vers moi un regard franc et atterré, pour dire :

— Mais il n'y a justement rien à expliquer.

La vue était admirable. J'avais sommeil. Corinne regardait King d'un drôle d'air, dubitatif et mauvais. Dans mon dos, King dit :

— Vous voulez bien me garder ?

Seigneur.

— Explique pourquoi ils t'ont battue, vite.

— Oh, simple. Ils voulaient que je leur dise où vous pouviez avoir mis l'argent. Mais je ne savais même pas quel argent. Johnston m'a dit ensuite que je devais coucher avec vous pour essayer de le savoir. Avec vous et Corinne, bien sûr.

Bien sûr. Toujours aussi intellectuel, Johnston. Peut-être bien que j'avais fait exploser le corps parfumé et élégant de Johnston en haut d'un escalier, dans la nuit. Mais j'étais loin d'en être sûr.

— Je ne demanderais pas mieux, dis-je ; mais, en ces matières, je ne suis pas pour le service commandé.

— Oh, ça me ferait plaisir, vous savez.

Straub rougit abominablement et servit une

nouvelle dose de bourbon. Corinne montra des dents éblouissantes à King avant d'allumer une cigarette et de parler de déjeuner.

Straub conduisait une Ford Granada 2, 3 qu'il était descendu dans l'après-midi louer à Côme et fumait en négociant les difficiles virages qui escaladent la montagne avant Maloja. Les douaniers suisses nous avaient fait signe de passer, ni plus ni moins. Il tombait un mélange de pluie et de neige dans une atmosphère glacée et bleue.

— Tu veux vraiment faire comme ça?

Sixième édition revue et corrigée, au moins.

— Oui. Tâche de trouver à qui fourguer la R 30. Trouve des papiers pour King.

— Tu ne crains pas les frontières?

— Ne t'inquiète pas pour moi.

Nous passâmes devant Sils Maria, dont on distinguait les lumières de l'autre côté d'un lac. Dans Saint-Moritz, il neigeait vraiment et je ne pensais déjà plus à Friedrich Nietzsche.

Saint-Moritz est un entassement de béton, de bijouteries et de snobisme comme on n'en voit guère ailleurs que dans les stations suisses les plus tristes. Ça pue le cadavre bien maquillé et le gros type en Mercedes coupé.

— Fais attention, dit Straub, en me déposant devant un hôtel prétentieux gluant de verres fumés, de portiers en bleu nuit et de plantes grasses trop saines.

Tout était imbibé au N° 5 de Chanel et une

dame d'une anorexie certaine, portant trente kilos de bijoux au bas mot me rentra dedans (au sens propre). Elle alla vers une Rolls Royce Camargue beige.

Un employé grisonnant à la prétention impénétrable me proposant une chambre à un prix tuant. Le groom (ou le chasseur, ou ce qu'on voudra) était visiblement turc. Il m'expliqua en allemand que si ma solitude était trop grande il veillerait personnellement à ce que cela ne se reproduise plus. Qu'en était-il de cette affaire de morale helvétique austère, si des grooms turcs venaient proposer des call-girls aux clients ?

La baie vitrée devait donner sur un paysage splendide, mais maintenant, on était dans le noir. Ah ! l'Engadine... Bon. Je téléphonai chez Johnston et ça ne répondit pas.

Dans cette chambre, j'avais le sentiment exact d'être enterré. Très pénible. Sans arme. Sans guère de maîtrise sur les événements. La gendarmerie de Barcelonnette devait (ou, du moins, aurait dû) être en train de passer le château de Johnston au peigne plus ou moins fin. Je fumai trois Pall Mall de rang pour admettre que je commençais à être à bout de ressources. Je me baladai dans les rues de Saint-Moritz, balayées par des rafales de neige et quand j'eus les pieds trempés, j'entrai dans un restaurant aux prix exorbitants. Ce sont des endroits où je peux méditer en paix, méditer à la croisée des chemins : continuer ou faire demi-tour ? Je téléphonai une nouvelle fois chez Johnston sans résultat et mangeai des asperges inodores et ruineuses sans appétit. L'image du corps nu de King me revenait par instants, au milieu de pensées confuses. Je laissai tomber l'inévitable viande séchée des Grisons et me tapai un steak tartare avec une entière bouteille de côte-rôtie. Ou bien Berne et toute la sécurité qui s'ensuivait... Oui, oui, ça, on pouvait toujours. Ou bien, cette idée absurde : ils n'étaient pas du tout en sécurité chez Straub. Ou encore, est-ce que je me racontais ça parce que j'avais envie de rester avec Straub, Corinne, King, etc. ? Pour faire quoi ?

Aller à Berne, à mon coffre. Prendre le passeport américain, les cartes de crédit. Aller chercher la Porsche au garage et aller voir Hélène à l'île d'Yeu. Voir ensuite. Tranquille : il me restait de quoi vivre trois ans fastueusement. Ou bien, même scénario, sauf que je retournais immédiatement en Italie, mais alors, je n'aurais plus aucun recours. Dans le coffre, il y avait aussi un Walther P. 38 tout neuf et six chargeurs.

Vinrent les profiteroles.

Je bus un double café et larguai deux cent cinquante francs suisses : ça ne me fit aucun bien. Il était 11 heures. Je retournai à l'hôtel à pied, complètement abruti et l'air glacé ne me fit pas de bien non plus.

Je me couchai après m'être forcé à prendre une douche. Je cherchai en vain le chasseur turc pour qu'il m'envoie sa call-girl, mais il avait disparu de la circulation. J'observai divers détails sans aucune attention, me relevai pour prendre une Carlsberg dans le frigidaire.

Puis, j'appelai la réception.

— Il est possible de louer une voiture à cette heure-ci ?

Ça devait pour lui faire partie du tout venant, les caprices, les fausses urgences et le reste.

— Oui, monsieur. Vous avez une carte de crédit ?

— American Express.

— Oui, monsieur. Quelle sorte de voiture ?

— C'est égal.

— Reste une Mercedes, monsieur.

— Dans combien de temps ?

— Une demi-heure, monsieur.

— Préparez-moi l'addition, je descends.

— Oui, monsieur.

Court séjour à Saint-Moritz. Ça n'était pas le plus gênant.

Je payai, poireautai. Le type de l'agence arriva trempé, demandant : « La bagnole, c'est pour quel dingue ? »

— Je vais en Italie, dis-je.

— Oh, pardon.

Nous fîmes les papiers, je lui laissai cinquante francs suisses et montai dans la Mercedes blanche. C'était complètement idiot. Complètement. Personne ne pouvait savoir où ils étaient. Personne, sauf si King mentait, bien entendu. Et, à mon avis, à mon avis de l'instant, elle mentait. C'était une belle mise en scène.

Impossible de rouler très vite, la neige tombait

pour de bon maintenant. Je dégringolai avec précaution l'épouvantable route vers Chiavenna. La neige cessa, le ciel découvrit une lune parfaitement ronde et blanche dessinant les contours durs de la montagne.

À la douane, tout le monde veillait. Le Suisse me fit un signe de la main et un petit Italien essaya un allemand chuintant derrière sa moustache pour me demander où j'allais à une telle heure.

Je lui parlai d'affaires extrêmement urgentes à Milan au moment où je me préparais à passer des vacances bien méritées à Saint-Moritz. Il y crut visiblement et eut même l'air de me plaindre.

Je repris la route, une route mouillée encore, cristallisée par les phares blancs. Je parcourus encore quatre kilomètres en pressant le double des clés de la R 30 demeurées dans ma poche. Cela permettrait d'ouvrir la boîte à gants où reposait le fameux Browning G.P. Capitan, 7,65 parabellum, extrait la veille au soir (mais oui, mais oui, comme le temps passe vite) de la poche d'un petit connard à la solde de ce pauvre con d'Antonio Farnese. Les cons. Les terriers, mieux vaudrait dire, puisqu'un conil, c'est partout un terrier, sauf en français. Bon. Ça va bien.

Je n'avais pas les chaussures qu'il fallait; j'avais froid; je ne voyais vraiment pas grand-chose, car, à cet endroit, la montagne, en ce moment, cachait la lune.

Je progressai longuement le long de la route,

en retrait au milieu des rochers. Vint le petit chemin non goudronné qui menait à la villa-chalet-zinzin-tout-ce-qu'on-voudra de Straub : avait-il rentré la R 30 dans son garage ?

14

Il avait rentré la voiture dans le garage. Pourvu qu'il ait laissé le Capitan dedans.

Il y avait une vague lumière qui filtrait sous les volets de la grande baie vitrée. Ils ne dormaient pas encore. Dire que j'allais sans doute passer une nuit à la belle étoile pour rien et aller piteusement demander du café demain matin.

En chaussettes, je décidai de mettre à l'épreuve ce que j'avais retenu de mon C.A.P. de serrurier. J'atteignis la porte du garage et fus soulagé. Dans le silence de mort qui faisait l'ambiance fusait un vaguissime murmure de voix. Straub parlait.

La petite serrure Yale me donna un réel souci et je me demandai avec angoisse si la porte grincerait quand je l'ouvrirais. C'était presque obligé : toutes les portes de garage grincent, vous n'avez pas remarqué ?

Et ça se mit à grincer. J'arrêtai net, attendant. Il ne se passa rien. Mais là-haut, Straub devait se sentir en parfaite sécurité et, du reste, ne devait pas entendre grand-chose. Il continuait à parler et Corinne — me parut-il — répondait.

Le grincement dépend de la vitesse d'ouverture de la porte : celui-ci, à mon sens, ne se manifesterait pas si j'ouvrais d'un coup rapide, sec et retenu.

Il y eut bien un bruit, mais vraiment ténu.

Massive, la R 30. Portières ouvertes, boîte à gants fermée. J'ouvris très délicatement en priant des tas de gens improbables. Et je sentis l'acier du Browning.

Je ne fis aucun bruit pour ressortir, sans toutefois pouvoir refermer la porte. Il était 1 h 20. J'allai me poster un peu au-dessus, pour dominer en même temps le chemin et la maison. Je remis mes chaussures. Une petite silhouette noire apparut : le chat Azimut faisait sa promenade nocturne et venait vers moi, pas étonné du tout. Il miaula doucement.

Il vint se blottir, flaira le Capitan dont l'odeur ne lui plut pas. J'observai un moment la Grande Ourse et d'autres phénomènes de ce genre. Je me sentais spinoziste.

Je m'assoupis sans doute un moment, sous mon arbre et c'est la queue d'Azimut dans ma narine droite qui me fit sursauter : du monde arrivait, pas gêné, carrément par le sentier. Un au beau milieu et un de chaque côté.

Trois. Mais des durs, sans doute. Qui ? À mon avis Johnston, bien vivant donc, son petit pote Sacha et un quidam racolé pour la chose.

Je reculai. J'en savais assez. Ils montaient précautionneusement. J'allai faire le tour du chalet, grattai à une fenêtre, celle de Straub me parut-il.

Il ne se passa rien. Les autres n'étaient plus à cinquante mètres. Je cognai avec la crosse du Capitan.

— Vite, Erich.

— Hein?

Sidération.

— Dépêche-toi, il y en a trois et des méchants, à mon avis.

Straub ouvrit, ahuri. Dans son lit, King.

Bien sûr. Et Straub, avec une fort belle érection. Bien sûr. J'allais certainement lui faire tomber les humeurs.

— Qu'est-ce qui se passe?

— Ta copine a trouvé le moyen de téléphoner à Johnston. Il est à cinquante mètres.

— Il faut les tuer sans bruit, dit Straub. Nous sommes tellement près de la frontière suisse que ça va s'entendre.

Bien mon avis.

— Je réglerai son compte à cette salope.

— Dépêche-toi. On verra plus tard. J'en veux un de bien vivant, cette fois. La petite pédale.

— D'accord.

Straub, en s'habillant, fila vers un tiroir et en sortit un rasoir sabre. King était paralysée au fond du lit.

— Si tu bouges, je t'ouvre le ventre, dit Straub aimablement.

— Je ne crois pas qu'elle ait le beau rôle, dis-je.

Corinne apparut, nue, me regarda, sidérée.

— Tu restes avec King. Si elle bouge, tu l'étrangles en silence, dis-je. Tu comprends pourquoi ?

— Elle a téléphoné à Johnston cet après-midi ?

— Oui.

— Je vais la faire parler, tu sais.

Elle ajouta, horrible :

— Et rien qu'avec mes doigts.

Décidément, elle n'avait pas un surmoi très exigeant. C'était plutôt la pulsion de mort.

On ne voyait rien. Straub se plaça tout bonnement devant la porte, avec son rasoir à la main. Par terre, à cet endroit, c'était du carrelage : il n'y aurait qu'à rincer. Le tout était qu'ils entrent tous les trois. Mais peut-être avaient-ils l'intention de se livrer à des manœuvres compliquées ? Ce serait assez peu dans le genre de Johnston, qui n'était pas un homme de terrain. S'ils entraient, Straub pourrait refermer la porte et les détonations ne s'entendraient pas bien loin.

Ça se mit à gratter à la serrure de la porte unique. Curieux qu'ils n'aient pas essayé le garage. Leur vie aurait été simplifiée (si on pouvait dire). Mais Johnston devait vouloir aller au plus simple. Le mec mit un certain temps à délourder, mais enfin, il y parvint, repoussa la porte contre Straub qui ne bougea pas. Je les attendais du haut de la mezzanine. Johnston entra le dernier et Straub l'attrapa par les cheveux, lui tira la tête en arrière et le rasoir sabre ouvrit la gorge de Johnston d'une oreille à l'autre, pendant que Straub repoussait vivement le corps aux trois quarts décapité pour ne pas être couvert de sang. Johnston n'était pas encore tombé dans un gigantesque éclaboussement que je tirai sur la plus grande des deux silhouettes. De haut, comme ça, ce n'est pas forcément aussi facile qu'on croit, cible réduite, et je ne voulais pas toucher Straub. Une seule balle, le recul non négligeable du Capitan, l'odeur de mort.

Terminé.

J'enjambai la mezzanine et sautai sur le dos du dernier, en comptant que c'était le petit Sacha.

C'était le petit Sacha. Straub alluma la lumière d'une petite lampe design. Corinne parut, en T-shirt, vit le cadavre de Johnston d'où coulait encore le sang de l'horrible blessure et retourna vomir. Straub, aussi, était blanc.

Avec le canon du Capitan, je frappai Sacha sur l'arête du nez, pas trop fort, et le relevai par les cheveux.

— On va être très occupés, dit Straub en buvant sec au goulot un bon quart de Black & White.

Après quoi, il fit un drôle de bruit et me tendit la bouteille.

— Heureusement que tu as eu l'idée de revenir. Ç'aurait très mal fini. Tu avais deviné quelque chose?

Je fis non de la tête et Straub me regarda avec étonnement.

Soudain, il y eut, dans la chambre de Straub, un hurlement horrible. Cela tournait au cauchemar. Je me versai un verre de William Lawson's à mon tour : ça ne réchauffe guère un univers intérieur déjà glacé ou mort. Nouveau hurlement, nouveau silence. Corinne revint.

— Voilà : elle a tout dit : Sacha connaît l'adresse d'Alfred Vila et elle croit savoir que Pascal... Je n'ai pas bien compris le nom, c'est le même ?

— C'est le même, dis-je. Le même s'est planqué et elle pense que Sacha le sait aussi.

— Voilà, dit Corinne, qui tremblait un peu. Je lui ai dit qu'on lui pardonnait.

— Tu lui as fait très mal ?

Corinne me fixa droit dans les yeux et dit :

— Oui.

— Console-la.

— Oui. Qu'est-ce qu'on va faire, maintenant ?

— On va voir de notre côté ce que dit Sacha.

Odeur certaine. Sacha venait de faire sous lui. Le nez en sang, il contemplait, terrifié comme une petite bête prise au piège le corps à demi décapité de Johnston et l'autre type, un chauve, replié en fœtus sous l'impact de la 7,65 parabellum. L'odeur de sang était horrible.

— On le laisse moisir dans la cave et on fait un petit nettoyage.

— Où est votre voiture ? demandai-je à Sacha.

Vert. Il y avait de quoi. Je répétai posément.

— Une Lancia Bêta louée à Turin. C'est lui qui conduisait.

Il désignait le vieux truand troué au 7,65 de haut en bas.

— Où?

— En bas du chemin à droite : elle est blanche.

J'éteignis la lumière et sortis dans la nuit, les clefs récupérées dans la poche du mort. Je trouvai la Lancia, remontai tous feux éteints. Straub avait commencé le ménage.

J'attachai Sacha sur un lit de telle façon que chacun de ses gestes ne puisse l'amener qu'à resserrer un peu plus ses liens. Je lui expliquai le principe et il comprit fort bien. J'allai voir Corinne. King était repliée le dos rond sous les draps.

— Je lui ai donné triple dose de somnifères, dit Corinne, qui ajouta, les lèvres blanches :

— Je me hais.

Je la pris contre moi et, curieusement, elle ne me repoussa pas, mais se mit à trembler. J'avais une effarante envie de la sodomiser, là, maintenant. S'il y a un Dieu, ou même certes, seulement un destin, une providence, un gouvernement du monde, le meilleur des mondes possibles ou quoi encore, nous étions grillés. En me regardant dans une glace, j'eus toutefois peu le sentiment d'incarner le Mal absolu.

Nous eûmes du mal à caser les deux cadavres dans le coffre de la Lancia, mais nous poussâmes et, enfin, nous prîmes la route du Saint-Bernard, moi suivant avec la Mercedes.

— Où est-ce qu'ils sont, Sacha?

Straub buvait du café, fixant Sacha sans un mot. J'espérais que Sacha allait parler sans qu'il y ait de casse supplémentaire. Je le croyais assez terrorisé, mais hélas, peut-être pas tout à fait assez.

La Lancia avait fini sa carrière au fond d'un à-pic d'au moins cent mètres : à mon avis, on mettrait dix ans à la retrouver. Je méditais les multiples trahisons depuis le début de notre petite aventure; ça n'arrangeait pas mon moral. Mais peut-être que, du moral, je n'en ai pas. Pour l'instant, on s'en était sortis sans mal, mais la menace représentée par Alfred était toujours aussi puissante que la volonté que j'avais de détruire tous ces gens. Cette volonté apparaissait par moments, d'une violence extrême, irrésistible, chose glaçante au fond de moi-même; pas un état d'âme, non. Une volonté aveugle, peut-être un désir de mort entièrement fou?

Cela que j'avais communiqué à Corinne?

Je regardai le visage sournois du petit Sacha, au moment où il disait, se croyant fin :

— De toute façon, après ça, vous me liquiderez. Johnston a dit que vous ne laissiez personne derrière vous.

— Il doit rester un fond d'acide chlorhydrique dans un placard, dit Straub, je pourrais lui en verser un peu dans une narine : il paraît que c'est très encourageant.

— On pourrait sans doute faire une exception pour toi, dis-je. On te payerait même un voyage pour Venise, où tu te ferais oublier quelque temps. De toute façon, tu es coincé : si tu restes vivant, Vila ne croira jamais que tu n'as pas causé. Tu connais Vila ? Il a une tête de bon grand-père. Tu devrais aller chercher cet acide, Erich. Je crois qu'il ne nous prend pas vraiment au sérieux.

Sacha puait. Il avait vieilli de dix ans et ce n'était plus le petit pédéraste insolent de la veille.

— Ça serait tellement plus simple, dis-je encore. Pour tout le monde.

— Bon. Donnez-moi une cigarette. Je pense que votre copain n'hésiterait pas une seconde.

— Non, dit Straub.

— Genovesi a foutu le camp de Grenoble, après le coup de téléphone de Johnston. Il avait peur que vous ne veniez lui régler son compte. Il est allé voir Vila.

— Il connaît la planque de Vila ?

— Oui.

— Et maintenant, il y est ?

— Oui. Il doit y être.

— Où est-ce ?

— Je ne sais pas exactement...

— Tu ne vas pas recommencer, tout de même, dit Straub, paternel.

— Mais non, c'est vrai, je vous jure que je ne

sais pas au juste. J'ai pas tout entendu. Je sais que Vila est au bout du rouleau côté pognon. Ça faisait marrer Johnston.

— Je ne vois pas pourquoi, dit Erich.

— Johnston avait une grosse tendance à rire du malheur des autres, dis-je, pompeux. C'est très immoral. Continue, mon petit gars. Ça va peut-être s'arranger un peu pour toi, après tout.

— Vila est obligé de faire un hold-up, ne serait-ce que pour bouffer, dit Sacha, qui, décidément, parlait bien. (« Ne serait-ce que », fichtre. Bon.)

— Tout seul ?

— Sûrement pas.

Sûrement pas, en effet : enterré jusqu'au cou, Genovesi allait certainement lui fournir de la main-d'œuvre. S'il lui en restait. Mais ce genre de main-d'œuvre se trouve plus facilement qu'un ingénieur des Ponts & Chaussées. Le chômage, monsieur, le chômage.

— Où et quand ?

— Ça non plus, je ne sais pas très bien. Je crois vers Chaumont. Je ne sais pas, vraiment. Il s'agit de braquer une voiture blindée sur une route. C'est tout ce que j'ai compris.

Vila devait être tombé bien bas. À moins qu'il n'ait une combine à l'intérieur de la voiture, je ne voyais vraiment pas comment il pouvait faire.

C'est exactement la combine foireuse : arrêter une 504 blindée en plein jour sur une route à grande circulation, bagnole dotée de la radio, avec trois types armés, au bas mot, de .38 Smith & Wesson. Pour en faire quoi, après ? Délirant. Vila en était aux dernières extrémités. Mûrissait doucement en moi un plan amusant. Et comme le Loto : qui peut rapporter gros. Thème général : aller se promener vers Chaumont, via les autoroutes suisses et Bâle.

Existe-t-il un Dieu vengeur ? Straub reposait à Sacha la même question :

— Tu ne sais pas exactement où Vila planque ; mais tu dois bien savoir *un peu.*

— Le nom ne vous dira rien. Moi, ça ne me dit rien. Un truc qui termine en « ... mer ». Il y en a beaucoup.

Effectivement. S'il fallait faire le tour des côtes françaises pour trouver Alfred il fallait qu'on s'y mette tout de suite. Je ne me sentais pas à jouer le rôle des Dupondt dans *le Temple du Soleil...*

Straub fit la moue et dit :

— Tu ne nous avances pas beaucoup, mon pote. Pas beaucoup. Je ne suis pas sûr que tu dises vraiment tout.

Moi, je pensais que si. Vila a la bonne habitude de planquer tout près du lieu de ses futurs exploits. Devinette : existe-t-il un bled, dont le nom se termine par « ... mer » autour de Chaumont (52) ? Réponse mécanique, pour qui a le certificat d'études vieux modèle : Gérardmer.

Je dis :

— Gérardmer.

Parce que Johnston prononçait mal ; on prononce *Gérardmé*.

Sacha fit « oui » des yeux.

Ainsi, Alfred Vila respirait le bon air vosgien en compagnie de Pascal Genovesi. Romantique au bord du lac, peut-être ? Ou, plus certainement, se faisant passer pour un bon gros retraité.

Finalement, Straub non plus n'était pas si mal organisé que cela. C'est ce que je pensais en roulant à 120/130 sur l'autoroute vers Genève, ciel gris, pluie, circulation calme, tunnels lavés à grande eau par des immigrés turcs : la Suisse, quoi.

Straub s'était offert à Côme une Volkswagen Golf GTI, sur présentation d'un passeport italien criant de vérité. Il était convenu qu'il laisserait King à Bâle avec assez de fric pour qu'elle puisse rentrer à Paris ou au diable.

Je ne peux pas expliquer ici comment nous planquâmes dans la Golf nos trois flingues, laissant, la mort dans l'âme, le M 16 enterré soigneusement à cent mètres de chez Straub. Ce qui fait que nous étions beaucoup trop légers pour affronter Vila.

Jusqu'au dernier moment, Sacha avait cru qu'on allait lui régler son compte. Straub était pour, Corinne aussi, l'œil plus dur que jamais. Je l'avais descendu à Turin en Mercedes et lui avais promis un certain nombre de choses horribles. *Exit* Sacha.

Sans un flingue, une vie comme la mienne est insupportable. Me revint à l'esprit une vieille adresse, enfouie depuis longtemps, à Saint-Louis, à côté de Bâle.

Corinne bougea, au moment où un panneau indiquait Lausanne, trente-cinq kilomètres.

— On est où ?

— Presque à Lausanne.

— Ah.

Elle remit en place le dossier, se frotta le visage et alluma une cigarette. Elle dit encore :

— J'aurais aimé que King reste avec nous.

Elle y venait.

— Pas moi. Ça créait beaucoup trop de complications.

— Tu voulais coucher avec elle ?

— Bien sûr.

— J'aurais aimé, moi aussi.

— Ça se retrouvera peut-être.

Direction de Bâle, BMW de la police, un peu de pluie glacée.

— On va en finir ?

— Je ne sais pas, Corinne. Je ne sais pas où on va.

— Si on pouvait s'arrêter.

— On s'arrêtera quand Vila sera terminé. Il n'y a plus d'autre solution, maintenant.

— Qu'est-ce qu'on fera, après ?

— Je ne sais pas.

Elle mit un temps.

— C'est drôle, dit-elle. Toi qui savais tout, tu ne sais plus rien.

— Peut-être que je n'ai plus tellement envie de savoir. Pourquoi est-ce que la petite fusillade dans le palace de Johnston n'a eu aucun effet? Où en sont les flics?

— On les a paumés, dit Corinne. C'est évident. Tu crois que Straub sera à l'heure?

— Oui.

Après ça, nous ne dîmes plus rien. Dans Bâle, je me perdis un moment, revins sur mes pas, errai au milieu des sens uniques, me retrouvai, me perdis de nouveau et fus en France sans avoir compris comment. J'avais passé la frontière sans le faire vraiment exprès.

Défilèrent des baraques sinistres empilées autour de rues mal goudronnées. Saint-Louis. Encore la pluie, mais plus fine. Entassements de pavillons très laids. Je me reconnus, laissai Corinne dans un tabac. Onze heures du matin. Je bouclai mon imperméable, remontai une rue déserte et défoncée. Film de série B. La grille de la maison de Bartholomé avait rouillé et quand il m'ouvrit, il était bourré, pas rasé et horriblement vieilli.

— Tu viens pour quoi?

Je l'observai un moment, la pluie me dégoulinant dans les yeux. Un gamin passa en mobylette. Il prit un temps et énonça confusément :

— J'ai rien, j'connais rien. Tire-toi.

Je détaillai encore une fois le visage gris, les yeux dilués et fis demi-tour sans un mot. Il resta planté sur son perron de béton, entouré de béton, sous un ciel de béton, buvant du rouge en béton (de différents pays de la communauté européenne). Je retrouvai Corinne et nous roulâmes vers Belfort.

Il me paraissait que tout commençait à lâcher. À Belfort, il y eut un rayon de soleil.

Corinne acheta des cigarettes mentholées, des lunettes de soleil noir foncé, cerclées d'écaille bleutée et nous déjeunâmes bourgeoisement.

Je commandai un bourbon-Perrier. À mon grand étonnement, Corinne en voulut un également. Nous en bûmes deux chacun et ensuite nous commandâmes.

— J'ai beaucoup changé, dit Corinne.

— Ça n'est pas forcément un mal.

— J'ai dit que j'avais honte, pour King. Mais je crois que ce n'était pas vrai.

— Le mot bourreau n'existe pas au féminin, mais c'est une erreur de morphologie.

— Pardon ?

— Rien. Je veux seulement dire que les femmes sont éventuellement beaucoup plus cruelles que les hommes. Il suffit de leur en donner les moyens.

— Tu es abominable.

— Non : je commente une situation abominable.

Je versai le bonnes-mares 1964 dans les verres gigantesques. Dans le sac de Corinne, il y eut un reflet chromé. Mes yeux durent rétrécir.

— Tu ne l'as pas donné à Straub ?

— Non. Il est à moi. Si on se fait prendre, je te tuerai et moi ensuite. De toute façon, on ne passait pas la frontière, tu l'avais dit.

— Tu aimes beaucoup trop ce que je représente.

— Je n'ai pas eu l'occasion d'aimer autre chose, vois-tu, ça doit être pour ça. Je ne suis plus une gamine idiote.

— En effet.

— Il faut tuer, pour en arriver là ?

— Je ne sais pas, peut-être.

Civet de marcassin, classique mais de bon goût. L'œil de Corinne brillait.

— Tu aimes vivre comme ça, n'est-ce pas ?

Les précédentes confidences dataient des Saintes-Maries-de-la-Mer.

— Je ne sais plus ce que j'aime, Corinne, sauf, actuellement, ce bourgogne, ce civet de marcassin et toi si tu enlèves ces invraisemblables lunettes.

Elle sourit ainsi que font sans doute les félins dans les zoos quand ils bâillent. Et elle enleva les lunettes.

— On est en avance sur Straub ?

— Deux ou trois heures, au moins. Pourquoi ?

— On pourrait demander une chambre pour faire la sieste, non ?

— Absolument.

Le type de la réception accepta sans cacher son hilarité discrète. C'était une chambre rococo qui sentait le renfermé. Corinne et moi jouâmes un moment sous la douche brûlante, puis glacée. Pas même séchée, elle alla sur le lit et offrit ses reins.

Plus tard, elle dit :

— J'ai joui en pensant que King nous regardait, ou bien que je te regardais avec King, toi en train de la prendre comme ça.

Décidément c'était une manie : exhibitionniste-sadique.

Belfort, Giromagny, la petite route qui monte vers le ballon d'Alsace. Redescente sur le Thillot et arrivée sur Gérardmer par le col de la Grosse-Pierre. En tout cas, on voyageait.

15

La Volkswagen GTI immatriculée en Italie était garée sur un parking, non loin de l'endroit où on loue des canots. La nuit tombait. Straub n'était pas dans la voiture, mais se matérialisa à peine avais-je coupé le moteur.

Accompagné.

King portait un imperméable en ciré noir.

Nom de Dieu.

— Elle ne voulait pas me lâcher, dit Straub d'une voix funèbre. Alors, elle est venue.

Visiblement, j'avais seulement le droit de me taire : la connerie me semblait considérable. Azimut, le chat fabuleux, avait pris décidément ses habitudes dans la R 30 et observait les récents événements d'un œil badin.

Straub et King s'assirent à l'arrière et je me remis à rouler.

— Nous sommes arrivés à 3 heures, dit Straub qui voulait se faire pardonner. On a glandé en ville et on est tombés sur Vila.

Que vouliez-vous donc que je fisse, sinon pardonner à King? Elle avait une odeur poivrée et humide qui venait jusqu'à mes narines. J'attaquai le col de la Schlucht où il y a un notable restaurant-hôtel à mi-montée.

Six heures et demie du soir. J'avais donc eu raison : Alfred Vila était là, il était logé et, pour la première fois, j'avais enfin l'avantage. Il fallait savoir quand ils avaient l'intention de réaliser leur braquage. Certainement pas le lendemain, un dimanche, jour où les convoyeurs regardent des matches de foot à la télévision en buvant de la bière.

— Il faut tâcher de savoir combien ils sont. Tu es sûr qu'Alfred ne t'a pas repéré?

— Impossible. Il était de trois quarts à acheter des cigarettes. Il loge dans une villa qui donne sur le lac.

— Tu crois qu'ils sont nombreux?

— On devrait pouvoir savoir ça demain.

— On va être léger en flingues.

— J'ai un copain à Strasbourg, dit Straub. Je peux lui téléphoner et on va le voir demain.

— Son nom?

— Tu ne le connais pas : Erfurt, Wladimir Erfurt.

— Ah non.

Je n'écoutais pas les explications de Straub. Le cas Vila venait enfin à mûrir définitivement et il ne fallait pas compter sur un règlement diplomatique.

Magnifique hôtel peu avant le col de la Schlucht, dans le brouillard et des brins de neige. Nous laissâmes Corinne et King. Je voulais voir où était installé Alfred et, de toute façon, il fallait récupérer la voiture d'Erich.

À la nuit tombée, Straub me montrait une villa assez grotesque, de l'autre côté de la route qui longe le lac. Nous entrâmes boire un demi dans un café tout en Formica et en skaï.

— Qu'en penses-tu ? demanda Erich.

— Pas du bien. C'est très difficile à planquer. Bien choisi. Avec des jumelles, on peut pratiquement voir toute la ville et Alfred connaît bien nos têtes.

— Demander du renfort ?

— À qui ?

— On est coincés, alors ?

Erich siffla son demi et en commanda un autre. Dehors, la pluie se faisait insondable dans une nuit grise et noire. Je pris ma décision.

— Remonte à l'hôtel, Erich. Je vais rester à planquer une heure ou deux, on ne sait jamais. Attendez-moi pour dîner vers les 9 heures.

— Tu restes ici ?

— Oui. S'il y a des voitures qui arrivent, je voudrais avoir une idée du nombre des invités. Depuis le parking, on y voit assez. (Ça n'est pas du tout ça que j'avais en tête, mais inutile d'exciter Straub.)

Nous sortîmes, je récupérai mon Python que je posai à côté de moi sur le siège passager de la R 30. Straub démarra. J'attendis un moment et démarrai à mon tour, en fumant les dernières cigarettes qui étaient dans la voiture, les espèces de cigarettes mentholées de Corinne. Je passai devant la villa d'Alfred, notai une BMW et de la lumière. Peu après, je trouvai une petite route qui montait à droite, roulai un moment, fis faire demi-tour à la R 30 et sortis sous la pluie glacée. Le Python dans la poche de l'imperméable. Je devais être à peu près à cinq cents mètres de ma cible que je prenais à revers. Position intéressante, mais je devais envisager un guetteur et je ne connaissais pas du tout le terrain. Je me trempai le bas du pantalon dans de l'herbe très haute et tombai sur un mur. Par l'heureuse présence d'un poteau électrique, je jetai un coup d'œil par-dessus. Merde. Pas la même architecture.

Poursuivons : mur suivant. Très haut. Je me risque ? Quoi, de l'autre côté ? De la pluie coula dans mon cou. J'eus beaucoup de mal à franchir le mur gluant, ignorant de quoi serait faite une éventuelle retraite rapide. Chiens ? Possible, quoique improbable. Alfred, en ce moment, devait faire dans le précaire. Soudain, là, comme ça, à cheval sur ce mur, je me demandais, une nouvelle fois, ce que je foutais. À quoi rimait tout ce pénible carnaval. Carnage, quoi. J'effaçai l'eau de pluie de mes yeux. J'avais les mains trempées. Mauvais pour tout. Surtout pour tirer. Il m'aurait fallu des gants. Il te fallait des gants, pauvre connard.

Je retombai de l'autre côté, dans des herbes folles. Une lumière s'alluma. La cuisine. Un type ouvrait un réfrigérateur, sortait de la glace. Ce n'était ni Alfred, ni Pascal Genovesi. Un balèze dans les vingt-cinq ans. Avec une gueule de tueur, mais, à notre époque, ça ne veut pas dire grand-chose.

Ça me fit un peu sourire. Je passai sous la fenêtre illuminée, tournai à l'angle, parvins sous une nouvelle fenêtre, risquai un coup d'œil. Il y avait Vila, le petit mec en train de servir des glaçons dans du pastis et un autre type, plutôt mince et inquiétant, en costume sombre.

Un Corse : Adolfo Testamonte. J'avais beau savoir qu'il ne pouvait me voir, le fait qu'il fixe la fenêtre était pénible. Il alluma une Gitane avec un Dupont en argent. Je crus entendre claquer le capuchon du briquet, lorsqu'il fut refermé par un doigt immense et osseux.

La présence d'Adolfo ne me procurait aucun plaisir : dans le genre ignoble, il allait bien avec Vila. En plus, il avait l'intelligence de bête nécessaire quand on est vraiment un tueur. J'eus le sentiment *qu'il me voyait*.

Adolfo, moi et un autre type avions braqué une banque à Anvers, deux ans plus tôt. J'avais pu le voir travailler : sa tête de cadavre ambulant faisait fortune dans ces cas-là. Les clients avaient *vu* la mort. Amusant de savoir qu'Adolfo était, outre cela, un charmant garçon et un gastronome notoire. Quelqu'un de très élégant. Vila parlait, mais je n'entendais rien.

Ma petite promenade ne m'apprendrait rien de mieux. Recul stratégique. Je me retournai juste assez tôt pour voir une silhouette assez épaisse me plonger dessus. Je l'esquivai à moitié seulement et ma tête alla cogner contre le mur. Je réussis à ne pas perdre le Python et levai le pied au moment exact : c'est-à-dire au moment où la jambe sur laquelle l'attaquant se tenait était en porte à faux. La pointe de la botte l'atteignit juste sous la rotule et il me parut que j'entendais le ligament se déchirer. Il hurla et je cavalai jusqu'au mur. Le hurlement était un vague halètement : un genou de moins. Se présenta quelqu'un à la fenêtre de la cuisine et la voix calme, assourdie, d'Adolfo qui disait : « Planque-toi, con. »

Je déchirai mon pantalon : cela fit un grand bruit triste de chose irréparable.

Je fus au faîte en soufflant comme un porc. Ils ne tireraient pas, mais j'étais repéré. Je me traitai de tous les noms en retournant vers la voiture.

— Ils ont avec eux Testamonte, dis-je à Straub.

— Merde.

— Oui. Et je me demande toujours comment ils vont opérer.

— Et quand.

La salle de restaurant était déserte, mais le loufiat semblait nous avoir à la bonne. De tout le repas, King n'avait dit un mot. Elle était partie avec Corinne très rapidement.

Straub demanda une nouvelle mirabelle. Je dis :

— King, ça n'est pas très malin.

Straub prit un air emmerdé. Je ris.

— De toute façon, maintenant, il ne peut plus y avoir que des conneries. Alors, un peu plus, un peu moins...

— Testamonte m'emmerde, dit Straub. À lui seul, il en vaut trois. Tu crois qu'Alfred lui a tout dit ?

— Adolfo ne supporterait pas d'être mêlé à des histoires de famille qui ne le concernent pas. Il est là seulement pour le braquage. Et c'est tout.

— On ne pourrait pas le prévenir ?

— De quoi ?

— Qu'il se trouve entre Vila et toi et que Vila n'a pas cru bon de lui en dire un mot.

— En tout cas, ce serait honnête, ricanai-je. Honnête.

Je me levai, demandai l'annuaire, me mis à parcourir les colonnes après avoir accepté une nouvelle framboise bien glacée.

— Tu cherches quoi ?

— J'ai l'adresse exacte. S'il y a un numéro de téléphone qui correspond, j'appelle.

— Et si tu tombes sur Vila ?

— Ça ne change rien. Ils savent déjà, ou se doutent que nous sommes dans le secteur.

Je dis un mot à Straub de ma petite promenade. Erich ne trouvait pas ça tellement malin.

— Bien entendu. Tu avais envie de rencontrer Testamonte avec un magnum dans chaque main sans être prévenu ?

— Bon, d'accord.

Il y avait dans l'annuaire un numéro correspondant à l'adresse.

J'allai à la cabine. À la cinquième sonnerie, on décrocha. Je m'amusais beaucoup en pensant à la gueule que devait faire Alfred.

Je dis :

— Je souhaiterais parler à M. Testamonte.

Une voix, pas celle de Vila (le type qui avait maintenant un genou avec épanchement de synovie ? ou l'autre, le petit jeune baraqué ? ou encore un autre ?), bref, une voix, qui disait :

— Y a pas ça ici.

— Mais si, mais si, dis-je, paisiblement. Et il faut me le passer très vite, sinon il pourrait être fâché. Je ne pense pas que tu souhaites voir Adolfo *fâché*, c'est très négatif, mon vieux, crois-moi.

J'entendis Adolfo qui disait : « Donne » d'une voix nette et blanche, comme à son habitude.

— Adolfo ?

— Oui.

— Tu t'es mis dans un sale truc. Tu te trouves entre moi et Vila et tu ne dois pas le savoir.

— Qui es-tu ?

— Anvers, il y a deux ans et l'*Hôtel de Bourgogne* à Bruges. Le chevreuil.

— Oui, ça y est. Comment sais-tu que je suis là ?

— Par l'annuaire.

À l'autre bout du fil, peut-être Adolfo eut-il quelque chose qui ressemblait à un sourire.

— La situation est compliquée, en effet, dit

Adolfo, mais je crois que je commence à comprendre.

— Tu es libre de tes mouvements ?

— Je suis *toujours* libre de mes mouvements, dit Adolfo d'une voix glacée.

Évidemment. Il prit un temps, dit :

— Tu souhaiterais qu'on cause ?

Accent corse, à cet endroit.

— Oui.

— Dis.

— Tu prends la route de Colmar. Je te trouverai.

— J'ai une CX noire immatriculée 68.

— Vu. Dans un quart d'heure.

Straub était à l'arrière de la 30, planqué, le P-08 à la main. La pluie insistait. Nous avions dit à la dame de l'hôtel que nous descendions boire un dernier pot à Colmar.

Déjà, Corinne était au col, planquée dans la GTI de Straub. Je l'imaginais, attendant dans la nuit. Corinne Detwiller. Avais-je jamais été séduit autant par quelqu'un de si étranger à moi ? Si étranger ?

Et pourquoi est-ce que ça me venait, là, comme ça, en train de monter le col de la Schlucht dans le brouillard glissant et la nuit ? Elle aussi attendait dans la nuit, avec son Herstal 11,43, prête à régler des comptes qui n'étaient pas les siens. Et moi, au fait, quel compte est-ce que je réglais avec Vila ? Notion qui n'avait plus de sens ; promenade de mort pour rien.

Ou pour tout ? Pour le corps de Corps-in, chuchota le psychanalyste lacanien de service. Je continuais, grotesque, monoïdéique. Car enfin, se répétait-il en moi, Alfred est un *vrai* gangster bien de chez nous, un rôle rêvé pour Gabin. Toi, tu es un faux, un pas vrai, un mental.

Une CX noire immatriculée 68 me doubla : je fis trois appels de phares. Testamonte fit clignoter trois fois son *Warning*.

— Tu me couvres, dis-je à Straub.

La CX ralentit, alla se garer sur le parking. La Golf était invisible. Je me garai parallèlement à la CX de Testamonte ; nous éteignîmes les lumières. Sans savoir pourquoi, j'avais confiance en Adolfo ; du moins, une confiance relative.

Il sortit, immense, les mains vides. J'en fis autant.

— Explique, dit-il, toujours cette voix blanche et morne ; comme celle de quelqu'un qui s'ennuie abominablement.

Je lui expliquai. Il se mit à siffloter curieusement un petit air bizarrement gai : les premières notes d'une vieille chanson des *Rolling Stones*.

— Alfred ne m'a rien dit de ça.

— Ah !

— Et il a eu tort. Je ne savais pas que tu avais réglé son compte à cette merde de Farnese : c'est une bonne action.

— Ah ?

— Oui, vraiment.

Le brouillard se levait un peu et on commençait à voir quelques étoiles dans le ciel froid. Adolfo Testamonte réfléchissait, visiblement emmerdé.

— Pourquoi as-tu descendu le petit Vila ?

— Je n'aime pas les petits paniquards qui tirent dans la foule à la mitraillette : c'est une question de principe.

— C'est un point de vue, dit Testamonte, c'est un point de vue. Mais tu es dans une belle merde.

— Quand Vila sera effacé, la merde sera beaucoup plus transparente.

Adolfo fit peut-être un signe d'acquiescement. Il dit :

— Tu peux dire à la fille qui est derrière l'arbre qu'elle peut sortir.

Je souris. Testamonte était demeuré égal à lui-même. Corinne se manifesta comme une ombre noire auprès de nous.

— Je n'aime pas du tout ce que tu me racontes. Je laisse tomber : je n'ai pas du tout l'intention de me trouver entre Alfred et toi.

— Oui. Et il y a Straub avec nous.

— Oui. À l'arrière de ta voiture. Avec un M16 ou encore du plus gros ?

Cette fois, je ris franchement.

— Ils ont acheté le convoyeur qui garde le fric à l'arrière : ils vont arrêter la camionnette avec un bazooka, ou un zinzin de ce genre : la charge sera calculée de façon à endommager la bagnole sans la détruire et à tuer les deux autres convoyeurs à l'avant. Ils n'auront même pas le temps de se servir de leur radio.

Alfred n'avait jamais reculé devant les grands moyens. Le bazooka, foutre.

— C'est un type que je ne connais pas qui va tirer : un Algérien, je crois

— Quand et où ?

— Mardi matin, à 7 heures.

Testamonte accepta une Pall Mall très volontiers. La flamme de son briquet fit briller les yeux et le front aux rides sèches.

— Ça se passera dans une descente sur un petit patelin. Ça me paraît bien choisi. Je vais te montrer sur la carte.

— Alfred t'a raconté tout ça ?

Testamonte tira sur sa Winston.

— Toujours aussi méfiant, hein ? Tu crois que je vais sur un coup pareil sans biscuit et sans rien savoir ?

— *Ciao*, Adolfo.

Il me regarda, hésita, ce qui chez lui était surprenant.

— C'était la femme de Jérémie-les-chiottes ?

J'ignorais ce surnom peu avantageux. Je fis oui de la tête.

Une lumière jaunâtre s'étendait sur la forêt et la route. C'était l'heure du café et de la première cigarette. Sur l'esplanade devant l'hôtel, vint se garer une 4L de la gendarmerie. Ils n'eurent pas l'air de s'intéresser particulièrement à nos voitures. Par la fenêtre, en tirant sur ma Pall Mall, je les vis se diriger vers la réception. Contrôle de routine. En chaussettes, j'allai jusqu'en haut de l'escalier entendre ce qui se racontait. Rien que des conneries. Dix minutes plus tard, ils repartaient. King se peignait les ongles des doigts de pied en rouge et Corinne lisait *le Figaro* en fumant. Vers 10 heures, j'allai faire un tour dehors à pied, respirant le brouillard de nouveau étendu sur le Hohneck. Il était agréable d'ainsi respirer.

Ainsi, une nouvelle fois, je me retrouvais au contact avec Alfred. Téléphoner aux flics, dire ce qui se préparait. J'avais décidé que tout le monde s'en sortirait sans bobo. Enfin, tout le monde, ça voulait dire Corinne et Straub. Plus facile à dire qu'à faire. Je laisserais Corinne en sécurité, cette fois. Combien seraient-ils? Je comptais leur tirer froidement dans le dos: moralité perdue. Il fallait organiser tout cela, maintenant. Je fis demi-tour et cent mètres plus loin, me trouvai nez à nez avec King.

Dieu, qu'elle était belle: elle faisait penser à une machine souple et lubrifiée.

— Je vous ai suivi, dit-elle.

— Je vois ça. Et alors?

— Oh, rien. Je voulais être avec vous. Vous me pardonnez?

— Hein?

Elle avala sa salive. Ça fit faire à sa glotte un joli mouvement et à sa poitrine idem sous le ciré.

— Je vous demande si vous me pardonnez.

Cette fois, c'en était trop. J'éclatai de rire.

— Pardonnez quoi ? Vous êtes cinglée ? Personne n'est fautif ; tous irresponsables. Qui devrait pardonner à qui ?

Elle me regarda drôlement :

— Vous êtes fou, vous. Vraiment.

Avec son accent britannique, c'était joli comme tout.

— Je suis fou, mais primo, je ne suis pas fou tout seul, ce qui est rassurant. Secundo, je suis un fou vivant et Johnston est un fou mort. Tertio, mon grand souhait serait de coucher avec vous, mais c'est hors de question pour des tas de raisons diplomatiques. Quarto, on s'en tient là et étonnez-vous à chaque minute du plaisir d'être vivante : les gens que nous fréquentons détruisent même les beaux corps. La seule différence est qu'ils en profitent avant et je sais comment Vila voit les choses de ce point de vue.

— C'est pour ça que vous voulez le tuer ?

— Entre autres choses.

Elle me demanda une cigarette. Je la glissai entre les lèvres charnues et très bien dessinées. Elle aspira.

— Je suis sûre que je réussirai à vous avoir, dit-elle.

— Je suis extrêmement flatté de l'attention que tu me portes, dis-je en employant à dessein le tutoiement.

— Vous savez, finalement, vous êtes un joueur : c'est ça qui vous intéresse. Vous jouez de tout. Personne ne peut jamais deviner ce que vous allez faire l'instant d'après.

— C'est ça, dis-je, c'est ça.

Je pensais à Adolfo Testamonte. Pourquoi, lui, ne m'aurait pas menti à son tour?

— Oui. Vous prenez tout à contre-pied.

— Tant que j'y arrive, nous sommes vivants. Si je rate une fois, on est morts. Tu vois que c'est simple.

Dans l'air humide, la Pall Mall avait un parfum particulier.

— Vous ne voulez pas m'embrasser?

Je déposai un baiser sur son front humide de brouillard et, un instant, posai ma main sur son sein droit, libre sous un pull rouge. Adolfo m'avait menti, Vila et lui, plus quelques autres, nous attendaient. Pas loin. Quant à cette fille, c'était un serpent. « Tu délires. »

Drôle de délire, peut-être. Il est intéressant de délirer *vivant*. Sang-froid. Où est-ce que ça clochait? Bidon, le hold-up. Trop beau pour être vrai.

Je dis :

— Pourquoi m'en veux-tu comme ça?

King ouvrit de grands yeux, ne comprenant pas. Ou encore : faisant semblant de ne pas comprendre.

— King?

— Ils savent où nous sommes, n'est-ce pas? Quel est ton intérêt, là-dedans?

On se serait dit dans un western.

Straub et Corinne, restés à l'hôtel. Nom de Dieu.

Merde.

J'avais les jambes coupées : elle avait une façon de me regarder qui ne trompait pas : quelque chose que je ne savais pas opérait dans sa tête.

— Quel est ton intérêt? Ça te sert à quoi?

D'où nous étions, l'hôtel était une masse de béton idiote, dans la brume qui se levait. Je ne giflai pas King, mais me mis à courir comme un dingue.

La CX d'Adolfo était garée sur le parking. J'avais la vue trouble. J'armai le Python dans la poche du parka.

Je franchis la porte de l'hôtel et il n'y avait personne à la réception. J'aurais très bien pu me faire allumer directement, mais non; il ne se passa rien.

L'étage. La chambre n° 6; celle de Corinne. Pas fermée. L'odeur de sang me prit à la gorge, littéralement. Corinne était à moitié renversée dans la baignoire. Son dos était troué deux fois de rouge : ils ne lui avaient laissé aucune chance. Le Herstal brillait sur la table de toilette. Elle avait dû vouloir aller le prendre. Ils devaient avoir des silencieux. Combien étaient-ils? Où était Straub? J'évitai de penser au corps si joli déchiqueté et réprimai un tremblement. Une voix, derrière moi, dit :

— Bouge pas.

La voix d'Adolfo. Le sang de Corinne gouttait

dans la baignoire. Je me retournai d'un seul coup et tirai carrément à travers le mur de plâtre de la salle de bains. Deux fois. Adolfo avait cru se cacher. Les deux balles emportèrent chacune quinze bons centimètres carrés de plâtre et, à peine ralenties, allèrent projeter le corps d'Adolfo contre la fenêtre, à l'autre bout de la chambre. Il était mort avant de l'avoir touchée.

J'étais glacé. J'évitais de regarder vers Corinne et je mis les larmes que j'avais aux yeux sur le compte de la cordite. Je beuglai :

— Erich !

— Il y en a un entre toi et moi, dit Straub, assez loin.

Par la porte ouverte de la chambre, sa voix semblait venir de l'étage au-dessus.

— Ils ont flingué Corinne, hurlai-je.

Straub ne répondit rien. Je retournai dans la salle de bains. J'eus le sentiment atroce que Corinne me regardait. Je passai une main dans ses cheveux et pris le Herstal. À ma main gauche, Herstal 11,43 ; à ma main droite, Python .357 magnum.

— Il nous le faut vivant.

J'étais ravi. C'était la voix d'Alfred.

Je fis un pas dans le couloir et reculai aussitôt. Il y eut un drôle de bruit mou et une balle piaula. Logé, le petit con de fumier. Je me couchai par terre. À ce moment, Straub tira depuis le haut. Le petit con était dans une sale position.

Moi aussi, j'avais envie de mourir. Mais avant, il me fallait Vila. Et *il était là*, l'étage en dessous :

c'était lui qui avait ordonné de tuer Corinne : une partie de sa vengeance, bien sûr, ou, plutôt, l'avait tuée lui-même.

Le nez au ras de la moquette, j'avançai l'œil. Il était caché dans un angle de l'escalier. J'étais en porte-à-faux pour tirer. Je me relevai, sautai dans le couloir, en faisant feu des deux mains : quatre coups de chaque index : haché, le type.

Dans cinq minutes, on aurait tous les flics de Gérardmer au cul.

— Erich ?

— Oui. Il ne reste qu'Alfred, en dessous. On a le temps : ils ont coupé le téléphone et aucun client ne peut sortir.

Je refis le plein du Python avec ce qui me restait dans les poches. Corinne.

En bas, Alfred bougea, puis il parla :

— Eh ?

— Oui.

— On peut encore s'arranger. On partage le reste et on n'en parle plus. T'as effacé mes deux frangins, j'ai effacé ta nénette ; on est quittes, non ?

Straub m'avait rejoint.

— J'aimais bien Corinne ; on a passé de bons moments ensemble, dit Straub. Dis-lui qu'il aille se faire enculer. S'il sort, je le détruis par la fenêtre.

Straub tirait avec le Capitan.

Au coin du parking, vis-je par la fenêtre, King apparaissait. Je ne parvenais pas à lui en vouloir et, pourtant, c'était elle qui était directement responsable de la mort de Corinne.

— J'ai réussi mon coup, en l'amenant, c'est ce que tu penses ? demandait Straub.

— D'accord, Alfred. Sitôt que j'aurai entendu le bruit de ton flingue par terre, je descends et on s'arrange.

Straub me regarda, sidéré.

— Je le pose sur le comptoir et suis à côté de la cheminée, dit Alfred.

Deux balles de .38 spécial à travers le corps de Corinne. Certainement, le Bodyguard d'Alfred, celui que je lui avais vu aux Baux. Tout petit, avec un chien non apparent, ce qui fait qu'il ne s'accroche jamais dans les vêtements : l'arme de défense idéale.

Je me mis à descendre l'escalier recouvert de moquette : sur le comptoir, reposait, bien en évidence, un pistolet mitrailleur MAT 49. Il me restait à conclure qu'Alfred avait toujours le Bodyguard sur lui, ou à côté de lui.

Je descendis les dernières marches. Alfred Vila était devant moi, avec ses cheveux blancs, les mains ballantes de chaque côté du buste.

— On va peut-être arrêter les frais ? dit Alfred d'un ton engageant. Ça n'a arrangé personne, toute cette histoire.

— Non, personne. Ni ton deuxième frangin, ni Corinne Detwiller.

J'affermis ma voix. Je m'aperçus avec stupeur qu'Alfred me collait la trouille avec ses yeux glauques et ses cheveux blancs.

— Dis-moi qui est King, Alfred ?

— King ? Oh, tu sais, je connais Johnston depuis très longtemps. King, ça n'est rien. Une petite écervelée très conne, juste bonne à enculer. Ou à battre très longtemps. C'est comme ça que Johnston s'y prenait avec elle, je crois.

— Hum, hum.

16

Je haïssais déjà Alfred assez convenablement, comme vous avez remarqué. Mais, cette fois, j'en avais envie de vomir. Je me demandais juste quel piège il préparait encore.

— J'ai eu l'occasion de lui expliquer au téléphone tout ce que je lui ferais quand je la retrouverais, si elle ne m'obéissait pas, dit Alfred avec une effrayante bonhomie. Je lui ai expliqué comme je lui introduirais un rat dans le vagin. Ça l'a convaincue.

— Bien sûr, dis-je, c'est très convaincant.

— J'aurais bien voulu t'arranger aussi, vois-tu, mais je dois reconnaître qu'il vaut mieux que nous fassions la paix. Qu'en penses-tu ?

Alfred parlait beaucoup trop.

— Il ne faut pas que nous tardions trop, dit Alfred. Il y a des gens qui pourraient venir et les clients ne resteront pas indéfiniment verrouillés dans leur chambre.

— Non, non. Il ne faut pas que nous tardions trop. Tu veux combien ?

Comme si j'y avais cru une seconde.

King, à son tour, parut à la porte. Il était impossible de deviner quelque chose sur son visage.

— Tire-toi, dit Alfred.

King avait les yeux vides; un rictus effrayant soudain. Elle dit :

— Il l'a tuée?

Elle voulait dire Corinne.

— Oui, dis-je.

— J'ai réfléchi longtemps, dit King, les yeux dans le vide. Et je peux réfléchir, vois-tu. (Elle s'adressait à Alfred.)

— Tire-toi, dit Alfred.

King se tourna vers moi pour dire :

— Ils étaient quatre. Il en manque un.

Alfred plongea vers la cheminée : là était le Bodyguard. Je me jetai sur King et nous nous étalâmes l'un sur l'autre au moment exact où Alfred tirait. Sur les dalles cirées, le corps de King glissa avec moi dessus.

Amusant le petit jeu. La balle de .38 miaula et alla déchiqueter le comptoir. Alfred était derrière un fauteuil et moi, couché sur King.

J'entendis Straub qui disait quelque chose à l'instant où je vidais le barillet du Python dans la direction du fauteuil. Les balles furent dirigées par ma haine. Les six furent groupées, traversèrent le fauteuil renversé comme du papier et firent exploser le corps d'Alfred Vila.

C'était fini. Non, non. Le petit dernier sortit des cuisines et le Python était vide. C'était un blond, plutôt jeune, l'air un peu hagard mais décidé. Il pouvait nous écraser, King et moi. Et le Herstal était bloqué dans ma poche de parka.

Le con eut un sourire et prit son poignet pour tirer à deux mains, comme au stand avec un revolver indistinct. Une belle fleur rouge se mit à croître en son plein front au moment même où j'entendais le P-08 de Straub.

Le petit blond recula dans la cuisine, déjà mort.

King était prise d'un épouvantable tremblement. Je l'aidai à se relever.

— Vous... vous m'emmenez ? Quand même ?

— Oui, dis-je, à cause des rats.

Ses yeux se fermèrent et elle se mit à trembler encore plus.

— On s'arrache, dit Straub.

Il devait avoir le sentiment de mener deux abrutis.

Il fonçait en avant, gueulait :

— Ça bouge, là-haut. Les flics dans pas longtemps.

Il était à dix mètres de nous, quinze, maintenant et King avait l'air hagard. Erich Straub attrapa la poignée de la portière de la R30.

L'explosion fut telle que King et moi fûmes rejetés contre la porte de l'hôtel dans un effroyable souffle brûlant. Ma tête alla cogner quelque chose et c'est dans une brume que je vis les morceaux du corps de Straub s'éparpiller. Il me sembla distinguer aussi le petit corps enflammé du chat Azimut. Mais je devais rêver.

La voiture se mit à flamber, dans d'inquiétantes odeurs d'essence. Je tirai King, sans trop savoir vers où. En tâtonnant, je compris que les clefs n'étaient pas sur la CX d'Adolfo. Ne devait pas être piégée, celle-là ! Mais la Golf, certainement, oui.

Retourner à l'hôtel en laissant King, paralysée sur le parking, observant d'un œil mort l'incendie qui se communiquait à la Golf garée à côté. Lui dire de reculer. La voir machinalement faire. 1er étage. La chambre. Je n'allai pas dans la salle de bains, je n'eus pas le courage. Dans la poche pleine de sang d'Adolfo Testamonte, les clefs de la CX. Redescendre.

Voilà. C'est fini, cette fois. Complètement. J'ai roulé jusqu'à Dijon. King, à ma droite, regarde la route d'un œil vide. Par moments, le sentiment que c'est Corinne. À un moment, King a dit :

— J'ai vu Alfred faire, avec le rat.

Apocalypse. Ordure. Merde.

— Où ça ?

— Chez Johnston. Il avait voulu que je regarde.

— Il y avait Pascal Genovesi, également ?

— Oui.

Nous avons laissé la CX dans une rue près de la gare. Cinq heures du soir. Les flics devaient être en émoi, une fois de plus.

J'ai avec moi un beau corps. Je suis seul.

Achevé d'imprimer sur les presses de

BUSSIÈRE

GROUPE CPI

à Saint-Amand-Montrond (Cher)
en novembre 2003

POCKET - 12, avenue d'Italie - 75627 Paris Cedex 13
Tél. : 01-44-16-05-00

— N° d'imp. : 36130. —
Dépôt légal : décembre 2003.

Imprimé en France

